VIKTOR PERCY

Liebe Verzweifelt

AF201221

für Josef

© 2020 Viktor Percy

Herstellung und Verlag: BoD – Books on Demand, Norderstedt

ISBN 978-3-750498-69-3

GEKLAUTES VORWORT

»Die Schönheit dieses Buches beruht weniger auf seinem literarischen Stil oder der Menge und Nützlichkeit der Informationen, die es enthält, als vielmehr seiner schlichten Wahrhaftigkeit. Seine Seiten enthalten den Bericht über Vorgänge, die sich tatsächlich ereignet haben. (…) An Gedankentiefe und Kenntnis der menschlichen Natur mögen andere Werke dieses übertreffen; andere Bücher mögen ihm an Originalität und Umfang gleichkommen; was jedoch seine hoffnungslose und unheilbare Wahrheitsliebe angeht, kann sich nichts bisher Entdecktes mit ihm messen. Mehr als alle anderen Reize wird wohl genau dies den Band in den Augen des ernsthaften Lesers kostbar machen und der Lektion, die diese Geschichte vermittelt, zusätzliches Gewicht verleihen.

London, August 1889«[1]

Noch vor ein paar Monaten wäre ich in höchstem Maß schockiert und verwirrt gewesen, wenn ich Gedanken

---

[1] aus: Jerome K. Jerome, Drei Mann in einem Boot. Ganz zu schweigen vom Hund!, aus dem Englischen von Gisbert Haefs, Copyright der deutschsprachigen Übersetzung © 2017 Manesse Verlag, Zürich, in der Penguin Random House Verlagsgruppe, München, S. 5 (Original: Three Men in a Boat. To Say nothing of the Dog!, 1889)

von mir Wort für Wort in einem anderen Buch, von einer anderen Person, an einem anderen Ort und zu einer anderen Zeit entdeckt hätte.

Inzwischen bin ich mir sicher – und ich schreibe das der gekrümmten Raumzeit oder vielleicht auch meinem Karma zu (siehe Kapitel 10) –, dass ich bei der spaßigen Bootsfahrt auf der Themse mit an Bord gewesen bin und diese Zeilen mein früherer Herr Chen von mir geklaut hat. Aber wie gut ist es doch, ein Vorwort wirklich im Voraus zu schreiben, und fast hätte mich damals, als ich gegen den brodelnden Teekessel kämpfte, dasselbe Schicksal ereilt wie *Verzweifelt*: ein Leben ohne Nase, nicht auszudenken!

Süß-saure Erinnerungen. Den vielen Regen während meiner Zeit in England habe ich ausgeblendet.

1. KAPITEL

DER IRRTUM

Da kämpft also ein Mann gegen einen Wal und damit gegen GOTT. Abenteuerliche Geschichte und noch abenteuerlichere Erklärung, aber ich musste vorsichtiger werden. Sie hatte schon Verdacht geschöpft, und meine nächtlichen Ausflüge gestalteten sich zusehends schwieriger.

Bis heute weiß ich nicht, wie es zu dem folgenschweren Fehler hatte kommen können, der mich über Monate nicht nur meine nächtliche Ruhe kosten sollte.

Ich lag wie immer in Frau Chens Arbeitszimmer, wo sie in ihre Bücherberge vertieft war. Es war kurz vor Mittag, Zeit für unseren Spaziergang, und ich war in Gedanken schon draußen auf der Wiese und schnupperte an ein paar Büschen. Frau Chen schien mir heute ganz besonders von ihrer Lektüre gefangen zu sein, und wie ich mir die Bücher so ansah, stellte es mir die Ohren auf und ich war hellwach: Überall las ich DOG! Zugegeben, wir Hunde sind faszinierende Wesen, aber dass Frau Chen jeden Tag stundenlang über uns lesen musste, wie mir erst jetzt schlagartig auffiel, war ein Schock für mich. Ich kam mir vor, als ob ich mit einem Mal, statt in meinem Hundekorb zu liegen, auf dem Seziertisch gelandet wäre. Noch verwirrter wurde ich, als ich die Titel genauer betrachtete: »Der ferne Hund«, »Der Hundewahn«, »Ein Hund oder viele Hunde«, »Hund ist tot« usw. usw. Dem musste ich auf den Grund gehen und so schlich ich also ab sofort in jeder freien Minute ins Arbeitszimmer, um selbst zu lesen.

Die Nächte waren dafür am besten geeignet, doch Frau Chen hatte einen leichten Schlaf und mich schon mehrmals dabei ertappt, wie ich gerade eine Seite umblättern wollte oder ein Buch vom Regal herunter schubste. Das würde mir jetzt noch fehlen, so kurz vor Abschluss meiner Arbeit, dass sie alles – oder schlimmer noch mich! – wegsperren würde. Erst kürzlich hörte ich, wie sie sich mit Herrn Chen darüber unterhielt, dass ich wohl nicht ausgelastet wäre und sie mehr mit mir spielen oder in eine Hundesportgruppe gehen müssten. Ich und nicht ausgelastet! Und die Sorge, dass ich ihre Bücher anknabbern würde, so wie man das oft von zu Tode gelangweilten Hunden hört, die an Tischbeinen nagen und Teppiche kurz und klein schreddern, war einfach nur lächerlich. Ich wurde also immer vorsichtiger und las und las und las.

Zum ersten Mal stutzig wurde ich, als es darum ging, dass HUND die Welt geschaffen habe. Gut, wir sind schnell wie der Wind, aber eben nur wie. Den Wind haben wir dabei doch nicht gemacht! Und während ich noch über die zwei Windhunde nachdachte, denen ich gelegentlich beim Spaziergang über die Felder begegnete, war ich schon beim nächsten Satz, der HUND für eine Erfindung des Menschen hielt: eine Seifenblase, eine Illusion, ein Traumgebilde. Ich fing zu knurren an, so sehr empörte mich das, sah noch einmal hin und da stellte es mir regelrecht die Nackenhaare auf.

Ich hätte mir selbst in den Schwanz beißen können, war sofort auf allen Vieren, schüttelte mich und am meisten meinen Kopf wegen solch einer Blödigkeit: Ich hatte mich die ganze Zeit verlesen, und nun stand schwarz auf weiß GOD vor mir. Als ob ich jemals SARG statt GRAS gelesen hätte, NEBEL statt LEBEN oder SLIP statt PILS! Aber genau das war mir passiert und mit dieser peinlichen Erkenntnis trottete ich erst einmal zum Futtertrog.

Skizzen des Autors. Knurr!, ich bin nicht zufrieden.

2. KAPITEL

DER BRIEF

Durch eine kleine Unaufmerksamkeit war ich also in diese Sache geraten und ich hätte am liebsten alles auf sich beruhen lassen, wenn da nicht dieser Brief gewesen wäre:

»Liebe Miss Lonelyhearts,

ich bin jetzt sechzehn Jahre alt und weiß nicht was ich machen soll und wäre froh, wenn Sie mir sagen könnten was ich machen soll. Als ich noch klein war, da ging's noch, weil ich mich daran gewöhnte, daß die Nachbarskinder sich über mich lustig machten, aber jetzt möchte ich Freunde haben wie die anderen Mädchen auch und am Samstagabend ausgehen, aber keiner will mit mir gehen, da ich von Geburt an keine Nase habe – dabei tanze ich gut, bin gut gewachsen und mein Vater kauft mir hübsche Kleider.

Ich sitze den ganzen Tag da, schaue mich an und weine. Mitten im Gesicht habe ich ein großes Loch, das die Leute abschreckt, sogar mich selber, man kann es den Jungen nicht verdenken, wenn sie nicht mit mir ausgehen wollen. Meine Mutter hat mich gern, aber sie weint furchtbar, wenn sie mich anschaut.

Womit habe ich nur dieses furchtbare Schicksal verdient? Selbst wenn ich manchmal schlecht war, dann jedenfalls nicht bevor ich ein Jahr alt war und ich bin so geboren. Ich habe Papa gefragt, und er sagt, er weiß es nicht. Er meint, vielleicht habe ich in der andern Welt etwas getan, ehe ich geboren wurde, oder vielleicht werde ich für seine Sünden bestraft. Das glaube ich aber nicht, er ist nämlich sehr nett. Soll ich Selbstmord begehen?

Mit bestem Gruß
VERZWEIFELT«[2]

Vor dem schicksalhaften Tag hätte ich mit der Kleinen einfach nur mitgeweint, aber nun musste eine Antwort her. *Verzweifelt* wartete und ich, ehrlich gesagt, auch.

Ich war durch meine DOG-GOD-Lektüre infiziert worden und fragte mich nun Dinge, die mir vorher nie

---

[2] aus: Nathanael West, Schreiben Sie Miss Lonelyhearts, Diogenes Verlag, Zürich, 1972, S. 13/14, aus dem Amerikanischen von Fritz Güttinger, Copyright der deutschsprachigen Übersetzung © 1961, 1972 Diogenes Verlag AG Zürich (Original: Miss Lonelyhearts, New York, 1933)

in den Sinn gekommen wären: Warum gibt es so viel Leid in der Welt? Steckt dahinter ein Plan? Wäre es vielleicht besser, gar nicht da zu sein?

So in etwa stelle ich mir Verzweifelt vor. Dass ich nicht zeichnen kann, nervt mich gewaltig!

3. KAPITEL

DIE SCHICKSALSFRAGE

Miss Lonelyhearts hatte die Segel gestrichen. Sie – genauer gesagt er, denn hinter dieser Briefkasten-Kummertante verbarg sich in Wirklichkeit ein Zeitungs-schreiber, wie ich schnell erkannte – war selbst ganz verzweifelt geworden. Er lag nur noch apathisch im Bett, soff und starrte auf das Kreuz an der Wand in seiner ziemlich schäbigen Bude. Von dem Loch im Gesicht abgesehen, hatte er es auch nicht recht viel besser getroffen als *Verzweifelt:* Täglich überhäuft mit Briefen von Menschen mit großen und kleinen Sorgen, womit er sich seine Brötchen verdienen musste, schleppte er sich durch ein Leben mit nur wenig Freude.

Immer wieder blickte er auf das Kreuz, und genau hier wollte ich ansetzen, denn der GOTT am Kreuz schien mir die meisten Antworten auf die Fragen nach dem Leid parat zu haben. Außerdem war Frau Chens Bibliothek hierzu am besten bestückt, und so nahm ich die Fährte auf. Und wenn wir Hunde in etwas gut sind, dann doch wohl im Aufspüren und sich Festbeißen! Ich wollte *Verzweifelt* schreiben, aufgeben gibt es nicht!

Ich ging also wieder an die Arbeit, vergaß meinen Lapsus und nahm mir die erste Frage von *Verzweifelt* vor:

»Womit habe ich dieses furchtbare Schicksal verdient?«

Darüber schien sie selbst schon viel nachgedacht und mit ihren Eltern gesprochen zu haben, denn klar, die Frage, warum sie so ganz anders als die anderen sei und woher dieser schreckliche Defekt rühre, kommt einem natürlich als erstes in den Sinn, wenn alle nur noch schreiend vor einem weglaufen und man sogar selbst den eigenen Anblick kaum aushalten kann:

»Ich sitze den ganzen Tag da, schaue mich an und weine. Mitten im Gesicht habe ich ein großes Loch, das die Leute abschreckt, sogar mich selber.«

Ihr fehlt nur eine Klitzekleinigkeit, die Nase, und schon können die restlichen 99 Prozent perfekt sein – gut gewachsen, tanzt gut, hübsch gekleidet –, aber das Ruder wird nicht mehr herumgerissen. Das eine Prozent bestimmt alles, und das Leben wird zum Trauerspiel. Genauso wäre es ihr wahrscheinlich auch ergangen, wenn sie statt zu wenig zu viel abbekommen hätte und mit zwei Nasen im Gesicht herumlaufen müsste.

Dies nicht einfach zu akzeptieren, wie es bei uns Hunden so üblich ist, scheint den Menschen viel geholfen zu haben. Sie kamen dabei Viren und Bakterien auf die Spur, Gen-Defekten, Vitaminmangel oder giftigen Substanzen, die schlimme Krankheiten auslösen oder zu Missbildungen führen.

Aber *Verzweifelt* fragte nicht einfach, warum sie keine Nase hat, sondern was sie Schlimmes getan haben soll, um mit einem Loch im Gesicht bestraft zu werden: *Auge um Auge, Zahn um Zahn,* und hier nun eben *Nase um Nase!*

Leid als gerechte Strafe für eine begangene Schuld – eine Schuld, die man nicht einmal selbst begangen haben muss, sondern für die man in Sippenhaft genommen werden kann oder die man in einer ganz anderen Sphäre als dem jetzigen Leben auf sich geladen haben soll? Genau in diese Richtung dachte *Verzweifelt:*

»Selbst wenn ich manchmal schlecht war, dann jedenfalls nicht, bevor ich ein Jahr alt war und ich bin so geboren. Ich habe Papa gefragt und er sagt, er weiß es nicht. Er meint, vielleicht habe ich in der andern Welt etwas getan, ehe ich geboren wurde, oder vielleicht werde ich für seine Sünden bestraft. Das glaube ich aber nicht, er ist nämlich sehr nett.«

So zu denken, war mir bis dahin völlig fremd, und noch weit schwerer fiel es mir, mir vorzustellen, dass ein hartes Leben erträglicher werden soll, wenn man weiß, dass man sich das so verdient hat. Denn hätte *Verzweifelt* eine überzeugende Antwort auf ihre erste Frage bekommen, wäre es wohl nicht zu ihrer zweiten Frage gekommen:

»Soll ich Selbstmord begehen?«

Ich musste erst einmal an die frische Luft. Die Rechnung, die *Verzweifelt* hier aufmachte, wühlte mich richtig auf: Minus mal Minus gleich Plus, also schlechte Tat, z. B. vom Vater begangen, mal weitergegebene Strafe an einen selbst ist gleich akzeptables Leid, mit dem man leben kann?

Kein schöner Spaziergang. Die Formel beschäftigte mich gewaltig. So in ungute Gedanken versunken, hatten mich meine Mit-Tiere noch nie erlebt.

4. KAPITEL

DER TAG X

Da standen sie nun vor mir, die zwei Übeltäter, nackt, einen Apfel in der Hand und schauten bedröppelt, was sie angerichtet hatten. Diese beiden, die Urururururururururururururururururururururururururururururururururururururururururururururururgroßeltern von *Verzweifelt* sollten an allem schuld sein.

Die Welt war in Ordnung, es herrschte Frieden, es gab alles in Überfluss, denn GOTT hatte die Erde als einen großen Paradiesgarten erschaffen. Wäre da nicht dieser tückische Baum gewesen, der Baum der Erkenntnis von Gut und Böse, von dem das erste Menschenpaar nicht essen sollte. Sie würden sterben, sollten sie nach seinen Früchten greifen.

Ich knurrte schon, als ich die Schlange im Baum entdeckte, und bellte wie verrückt, doch die zwei Ahnungslosen ließen sich nicht abhalten. Statt kehrt zu machen zurück ins Glück, lauschten sie den Versprechungen der Schlange. Sie war aber auch ausgesprochen clever und je mehr sie redete, desto größer wurde auch bei mir der Appetit auf einen dieser unglaublichen Äpfel.

Zunächst einmal stellte sie klar, dass wir uns alle wohl verhört haben mussten: Der gute GOTT könnte uns doch unmöglich all diese Früchte vorenthalten wollen. Stimmt eigentlich, kamen wir ins Grübeln. Außerdem würden wir keinesfalls sterben, wie angedroht, nein, uns würden vielmehr die Augen aufgehen und wir würden wie GOTT wissen, was gut und böse ist. Darunter konnten wir uns bislang noch gar nichts vorstellen, doch die Neugier war geweckt, und seinem Schöpfer und Vorbild nachzueifern, konnte doch nur eine gute Sache sein. Wie war das gleich noch einmal mit dem Verbot?

»Du darfst essen von allen Bäumen im Garten, aber von dem Baum der Erkenntnis des Guten und Bösen sollst du nicht essen; denn an dem Tage, da du von ihm issest, mußt du des Todes sterben.« (1. Mose 2,16-17)

Adam und Eva begannen zu diskutieren. Was sich für mich wie ein klares Nein anhörte, wurde schnell zu einem Jein: Klar, essen würden sie nicht, aber mal kurz probieren müsste doch wohl erlaubt sein. Das Essen war verboten, aber von ein bisschen Naschen war ja nicht die Rede.

Nachdem sie sich kurz beraten hatten, griff Eva beherzt zu, pflückte den Apfel, biss hinein und gab ihn dann ihrem Mann. Ich musste die Frau bewundern: Sie nahm das Risiko auf sich, möglicherweise gleich tot umzufallen, und das alles nur, um klüger zu werden:

»Und das Weib sah, daß von dem Baum gut zu essen wäre und daß er eine Lust für die Augen wäre und verlockend, weil er klug machte.« (1. Mose 3,6)

Ich war wie hypnotisiert. Wer mich hier nicht erkennt: Der Osterhase links im Bild soll ich sein; bin am Überlegen, mal einen Zeichenkurs zu besuchen …

Und dann geschah der Wahnsinn. Als hätten sie eine Droge genommen, sahen sie die Welt plötzlich mit ganz anderen Augen. Sie fühlten sich nackt, fürchteten sich und versteckten sich.

»Da wurden ihnen beiden die Augen aufgetan, und sie wurden gewahr, daß sie nackt waren, und flochten Feigenblätter zusammen und machten sich Schurze. Und sie hörten Gott den HERRN, wie er im Garten ging, als der Tag kühl geworden war. Und Adam versteckte sich mit seinem Weibe vor dem Angesicht Gottes des HERRN unter den Bäumen im Garten. Und Gott der HERR rief Adam und sprach zu ihm: Wo bist du? Und er sprach: Ich hörte dich im Garten und fürchtete mich; denn ich bin nackt, darum versteckte ich mich.« (1. Mose 3,7-8)

Aber es sollte noch viel schlimmer kommen. Zur Rede gestellt, schob einer die Schuld auf den anderen. Der Mann auf die Frau, die Frau auf die Schlange und alle drei wurden mit einem elenden Dasein verflucht. Der Mann wurde zu harter Feldarbeit verdonnert, die ihm alle Kräfte rauben sollte, die Frau sollte unter Schmerzen ihre Kinder gebären und von ihrem Mann tyrannisiert werden, die Schlange sollte nur noch kriechen können, und der Kopf sollte ihr von einem Nachkommen Evas auf immer zertrümmert werden.

Hätten sie gleich zugegeben, dass sie von dem Baum der Erkenntnis genascht hatten, anstatt sich herauszureden und dem anderen den Schwarzen Peter zuzuschieben, wäre die Geschichte vielleicht anders ausgegangen. Aber mir scheint, dass die Wirkung des Apfels genau darin bestand, sofort die ganze Kiste mit Schuldfragen und schlechtem Gewissen aufzumachen und all die Angst und das schreckliche Gefühl, nicht okay zu sein, hervorquellen zu lassen.

Das Paradies war verloren. Die beiden wurden aus dem Garten vertrieben in eine Welt, die plötzlich voller Disteln war, rau, kalt, voller Gefahren und Mühsal. Immerhin machte ihnen GOTT noch Kleider aus Fellen und zog sie ihnen selbst an, um sie für diese neue, unwirtliche Wirklichkeit zu schützen. Doch damit war der Horrortrip immer noch nicht zu Ende. Nicht nur dass die beiden ihr unbeschwertes Leben im Garten Eden verloren hatten und mit ihnen auch allen ihren Nachkommen das Tor zum einstigen Glück versperrt blieb, nein, sie sollten auch schuld daran sein, dass es überhaupt Tod und Leid in der Welt gibt:

»Deshalb gilt nun: durch einen Menschen ist die Sünde in die Welt gekommen und der Tod durch die Sünde, und so ist der Tod zu allen Menschen durchgedrungen ...« (Brief des Apostels Paulus an die Römer, Röm 5,12)

Ich habe ein Altarbild gesehen, auf dem genau der Moment eingefroren ist, als Adam und Eva in den Apfel bissen. Schlagartig war Schluss mit der schönen Schöpfung: Der Wolf ging dem Schaf an die Kehle, der Vogel pickte nach dem Wurm, Blut spritze und irgendwo lag ein Toter herum.

Ja, liebe *Verzweifelt*, damit hättest du eine Antwort auf deine Frage, womit du dieses furchtbare Schicksal verdient hast: Du selbst mit nichts, dein netter Vater mit nichts, aber da ihr Menschen seid, habt ihr alle von euren Stammeltern, die die Schattenseiten des Lebens losgetreten haben sollen, automatisch dieses schwere Erbe mitbekommen.

5. KAPITEL

DIE NATUR

Mein Ausflug in den Garten Eden hatte mich ziemlich mitgenommen und ich verstand immer besser, warum Frau Chen ein Buch nach dem anderen wälzte, um eine Antwort zu finden, warum es so viel Leid gibt, wenn über allem doch ein guter, allmächtiger und weiser GOTT herrscht. Wie sie war ich empört darüber, dass der Mensch an allem Unglück schuld sein soll.

Als GOTT die Welt schuf, soll alles in Butter gewesen sein. Nach jeder Kreation – Erde und Meer, Sonne und Mond, Tiere zu Wasser, auf dem Land und in der Luft – sah er sich sein Werk an, wie um sich zu vergewissern, bis er sein Okay gab:

»Und Gott sah, dass es gut war.« (1. Mose 1,11.18. 25-26)

Und als er ganz zum Schluss den Menschen schuf, bevor er sich einen Ruhetag gönnte, toppte er sich sogar, indem er nach der Meistervorlage arbeitete, nämlich nach sich selbst:

»Und Gott schuf den Menschen zu seinem Bilde, zum Bilde Gottes schuf er ihn; und schuf sie als Mann und Weib. Und Gott segnete sie ...« (1. Mose 1,27-28)

Nachdem alles vollendet war, kam es gewissermaßen zur Schlussabnahme. GOTT blickte prüfend um sich,

21

ging noch einmal mit seiner Checkliste alles durch, vom Regenwurm über die Grashalme bis hin zu den Sternen und dem weiten Himmelszelt und war offensichtlich rundum zufrieden:

»Und Gott sah an alles, was er gemacht hatte, und siehe es war sehr gut.« (1. Mose 1,31)

Wunderbar soll alles gewesen ein, und wir Tiere ernährten uns alle nur von Gras. Den Kampf ums Überleben gab es nicht, nicht diese ständige Alarmbereitschaft in dem Kreislauf von Fressen und Gefressen-Werden. Sollten wir all das dem Ungehorsam dieses ersten Menschenpaares zu verdanken haben?

Das erschien mir so aberwitzig und ungerecht, dass ich erst einmal kräftig in die Bibel vor meiner Schnauze beißen musste. Ich rief mich zur Ordnung und las das Buch Genesis zum ixten Mal. Dabei fielen mir zwei Dinge auf, die ich als Verteidiger von Adam und Eva unbedingt anführen musste:

Erstens: Den Tod muss es eindeutig schon vor der Tat der beiden gegeben haben, denn es ist ausdrücklich von einem weiteren Baum die Rede, dessen Früchte offensichtlich die Unsterblichkeit bedeuteten:

»Und Gott der HERR ließ aufwachsen aus der Erde allerlei Bäume, verlockend anzusehen und gut zu essen, und den **Baum des Lebens** mitten im Garten und den Baum der Erkenntnis des Guten und Bösen.«
(1. Mose 2,9)

»Und Gott der HERR sprach: Siehe der Mensch ist geworden wie unsereiner und weiß, was gut und böse ist. Nun aber, daß er nur nicht ausstrecke seine Hand und breche auch von dem **Baum des ewigen Lebens und lebe ewiglich!** Da wies ihn Gott der HERR aus dem Garten Eden, daß er die Erde bebaue, von der er genommen war. Und er trieb den Menschen hinaus und ließ lagern vor dem Garten Eden die Cherubim mit dem flammenden, blitzenden Schwert, zu **bewachen den Weg zu dem Baum des Lebens.**« (1. Mose 3,22-24)

Zweitens: Nur der Mensch wurde aus dem Paradies vertrieben, von uns Tieren war dabei nicht die Rede, nicht einmal die unsägliche Schlange wurde hier erwähnt.

Daraus konnte ich nur folgern, dass wir Tiere weiterhin im Paradies leben, während nur für den Menschen eine neue Ära begann, die der Erkenntnis von Gut und Böse. Nicht der Tod trat damit für sie plötzlich auf den Plan, sondern eine ganz neue Haltung der Welt gegenüber, und zwar die der Bewertung!

Die Schattenseiten und allen voran den Tod gab es schon zuvor, aber nun wechselten Adam und Eva nicht mehr einfach wie wir Tiere vom Licht zum Schatten, sondern waren auf dem Feldherrenhügel gelandet, von wo aus sie alles in einer kritischen Distanz betrachteten. Das Ur-Verbrechen, das man ihnen jahrhundertelang anlastete mit der fatalen Erbsünde für alle ihre

Nachkommen bestand nicht darin, für das Schlechte in der Welt verantwortlich zu sein, sondern Dinge als schlecht zu sehen.

Was die Ankläger der beiden bei dem sogenannten Sündenfall übrigens immer geflissentlich unter den Teppich kehren: Der Begriff Sünde taucht hier gar nicht auf!!! Davon ist erst später die Rede, wenn Kain seinen Bruder Abel erschlägt.

Ich setzte zu meinem Brief für *Verzweifelt* an:

Liebe Verzweifelt,

dieses schreckliche Schicksal hast du mit nichts verdient, auch dein netter Vater mit nichts, aber da ihr Menschen seid, hadert ihr damit. Es ist alles nur eine Frage des Bewusstseins. Wenn du dich in ein Tier verwandeln könntest, wäre die Nase zwar auch weg und die anderen Tiere würden dich ebenfalls dissen, wie die Jugendlichen heute sagen, aber so ist das nun einmal. Du würdest dich einsam durchs Leben schleppen, einem, der vielleicht nicht nur keine Nase, sondern auch keine Zähne hat, das Futter wegschnappen, du würdest dich über ein ruhiges, sonniges Plätzchen freuen, wo du dich ausruhen kannst, du würdest in einem sprudelnden Bach plantschen, dich im Gras wälzen, abends den Mond anheulen und dich in diesen Momenten großartig fühlen ...

Nein, das konnte ich nicht schreiben, weil es so auch nicht immer stimmte. Die Übergänge zwischen Tier und Mensch sind fließend, und ein Tier zu sein ist noch lange kein Garant dafür, nicht am Leben zu verzweifeln. Erst kürzlich wurde mir der Fall eines Delfins bekannt, der für eine Dressurnummer in Gefangenschaft lebte und das so entsetzlich fand, dass er Selbstmord beging. Ja, richtiger Selbstmord! Er verweigerte die Nahrung und hungerte sich vor Eimern voll von Fischen zu Tode.

Das Paradies wurde mir immer suspekter und dann stieß ich auf diesen Artikel, der übersät war mit Notizen von Frau Chen. Es wimmelte nur so von Ausrufezeichen und Markierungen, und am Rand hatte sie notiert:

»Ich verstehe nicht, warum die Natur als so wunderbar gepriesen wird und gar als Lesebuch Gottes genossen werden soll. Mich ergreift blankes Entsetzen, wenn ich näher hinschaue. Erst gestern, als ich mit Percy meine Runde drehte, war wieder so ein Moment, wo ich nur noch geschockt war. Vor uns auf dem Weg, der durch ein lauschiges Wiesenstück hinein in den Wald führt, türmten sich zehn oder zwanzig schwarzbraune Nacktschnecken, die sich gegenseitig auffraßen. Mehrere hatten schon tiefe, fransige Löcher in ihren glänzenden, gerillten Leibern und krümmten sich vor Schmerz, konnten aber ihre hungrigen Artgenossen nicht abschütteln, an denen wiederum schon andere klebten und zu saugen und zu raspeln begannen. Es war grässlich und auch kein Einzelfall, den man hätte übersehen können. Auf dem ganzen Weg waren immer wieder Häufchen dieser Kannibalen bei ihrem grausigen Mahl zu beobachten. Percy, den sonst alles interessiert, wollte nicht einmal daran schnuppern und schaute mich stattdessen mit einem merkwürdigen Blick an …«

Ja, Frau Chen, das hast du richtig bemerkt. Ich wollte nur noch weg. Der Apfel hatte auch bei mir seine Wirkung hinterlassen, und der folgende Zeitungsartikel gab mir dann den Rest:

»DIE NATUR IST DIE LEHRMEISTERIN ALLER SADISTEN

Boko Haram[3], Massaker in Paris und Flüchtlinge, die zum Verdursten auf dem Mittelmeer ausgesetzt werden – die Menschheit quält sich gerade wieder besonders einfallsreich. Aber die Natur ist kein Trost.

Das stärkste Argument gegen die Existenz Gottes ist nicht, was Menschen einander antun, sondern die Natur. Alles menschlich Böse lässt sich theologisch begründen – für die Blöden mit dem Wirken des Teufels, für die Klügeren mit der Wahlfreiheit, die der Schöpfer uns gelassen habe. Aber nichts rechtfertigt die unfassbare schrankenlose Grausamkeit der Natur.

---

[3] Das musste ich erst nachschlagen. »Boko Haram« ist eine islamistische Terrorgruppe in Nigeria, Tschad, Niger und Kamerun, die das Strafrecht der Scharia wieder einführen will: auspeitschen, Hände abhaken, steinigen … Der Name heißt wohl soviel wie »Bücher sind Sünde«. Oh Gott oder Allah!

Gemeint sind damit nicht nur solche Freakphäno-
mene wie Erdbeben, Überschwemmungen, Pest und
Krebs. Die Naturkatastrophen sind nicht der bizarre
Ausnahmezustand der Natur, sondern die Natur ist die
Katastrophe. Arthur Schopenhauer hat daraus sogar
einen negativen Gottesbeweis abgeleitet: ›Die traurige
Beschaffenheit einer Welt, deren lebende Wesen
dadurch bestehen, dass sie einander auffressen …, ist
ehrlicherweise nicht damit zu vereinen, dass sie das
Werk vereinter Allgüte und Allmacht sein sollte.‹

Die Natur spuckt Blut auf die ›Nachhaltigkeit‹

Man möchte hinzufügen: Ja, wenn sie sich nur fressen
würden! Es geht ja nicht so zu, dass die Fressenden die
Gefressenen human unter Narkose mit dem Bolzen-
schussgerät töten. Nein, jede schlagzeilenmachende
schweinemästende Tierquälerhölle oder jeder Gänsefol-
terer, der seine Vögel blutig bei lebendigem Leib rupft,
wird von der Natur an sadistischem Erfindungsreich-
tum übertroffen. Der Atheist Arno Schmidt erging sich
fast genüsslich in der Beschreibung von Raben, die
gerne die Augen lebender Junghasen auspicken, oder
von Raubfischen, die sich genießerisch in die Zitzen von
Walen verbeißen, die dann schmerzgepeinigt aus dem
Wasser springen.

Die Natur ist auch das unerreichte Vorbild aller
Ressourcenverschwender. Sie spuckt Blut auf die ›Nachhaltigkeit‹. Ein Kabeljau legt eine Million Eier jährlich,

damit dann am Ende ein paar Nachkommen heran-
wachsen, der Rest verschwindet als Kollateralschäden
im Verdauungsapparat der Fressfeinde. Man muss gar
nicht das exotische Beispiel von den Schildkrötenbabys
herbeizitieren, die – kaum geschlüpft – schon massen-
haft von Möwen verschlungen werden. Es genügt, an
einem Tümpel zu stehen, in dem sich gerade Kaulquappen in Minifrösche verwandelt haben, und mitanzuse-
hen, wie Krähen die Winzlinge zu Zehntausenden
aufpicken.

Der Schöpfer muss böse oder unvollkommen sein

Die Gnosis, eine häretische Richtung des frühen
Christentums, konnte sich das alles nur erklären, indem
sie den Schöpfergott vom Erlösergott trennte. Die
schlechte Welt sei das Produkt eines bösen Demiurgen
(was so viel bedeute wie Handwerker), der mit dem
liebenden Vater Jesu Christi nicht identisch sei. Und
noch John Stuart Mill kam im 19. Jahrhundert zu dem
Schluss, dass das Christentum wohl nur zu retten wäre,
wenn man sich von der Vorstellung eines allmächtigen
Schöpfergottes löse, ohne den kein Spatz vom Himmel
falle. (…)

Das Dilemma all jener Menschen war, dass sie die
Grausamkeit der Natur nicht übersehen konnten, weil
sie erzwungenermaßen in engerem Kontakt mit ihr
leben als heutige Städter. Um die Natur zu lieben,
musste sie uns erst fern werden. Es gibt nichts Wahn-

witzigeres als die Idee, ausgerechnet die Natur könnte ein Trost für die geplagten Menschen sein. Und erst einem vollkommen der Natur entfremdeten Zeitalter konnte einfallen, die Evolution, jenes Grundprinzip, in dem der ganze verschwenderische Sadismus der Biologie kulminiert, gar an die Stelle Gottes zu setzen. Seien wir menschlich – seien wir widernatürlich!«[4]

Oh GOTT! Selbst der Gedanke, dass wir Tiere im Paradies einmal alle Vegetarier gewesen sein sollen, konnte mich nicht mehr beruhigen, seit ich gelesen hatte, dass Pflanzen auch nicht gefressen werden wollen.

Der Duft von frisch gemähten Gras ist nichts anderes als ein Angstschrei von all den Halmen, die sich so schützen wollen. Nicht nur mit Stacheln, vor allem mit Düften versuchen Pflanzen ihre Feinde abzuwehren – eine raffinierte Methode, indem durch den Duft wiederum Feinde der eigenen Fressfeinde angelockt werden, die aber nur unterstreicht, wie allumfassend das Grauen in der Natur ist.

---

[4] Matthias Heine, Die Natur ist die Lehrmeisterin aller Sadisten, WELT-online vom 13.01.2015; s. https://www.welt.de/kultur/article136334779/Die-Natur-ist-die-Lehrmeisterin-aller-Sadisten.html, © Axel Springer SE

Auch als Vegetarier ist der grausamen Natur nicht zu entkommen. Das neben mir sollen übrigens ein Löwe und ein Piranha sein. Jaul!, nicht nur weil ich so grottenschlecht zeichne, sondern weil mir nun auch kein Salat mehr so recht schmecken kann.

6. KAPITEL

GUT UND BÖSE

Mit einem Mal war statt Adam und Eva GOTT auf die Anklagebank gerutscht, und ich fragte mich, warum ER/SIE/ES/ALLES sich nicht schämte. Das war ja immerhin die erste Reaktion des Menschen gewesen, nachdem er von der Erkenntnisfrucht gegessen hatte. Was würde ER/SIE/ES/ALLES eigentlich *Verzweifelt* schreiben?

Ich fand seine Antwort, sie war klar und unmissverständlich, eine Antwort, die für alle gelten kann, die wegen des Leids in der Welt verzweifeln:

Ja, alles Furchtbare habe ich auch geschaffen, und das ist gut so. Ihr könnt nur nicht den großen Plan dahinter verstehen, aber er ist gut, und es wird, so katastrophal und unerträglich euch alles erscheinen mag, ein großes Happy End geben.

Ziemlich genau so – zugegeben, etwas frei übersetzt – hatte der allmächtige GOTT einem Mann geantwortet, der wie *Verzweifelt* ohne irgendeine Schuld in eine entsetzliche Lage geraten war. Von einem Tag auf den anderen hatte er alles verloren: Besitz, Kinder, Gesundheit. Hiob hieß der Bedauernswerte, ein ursprünglich rundum glücklicher und reicher Mann, der sich innerhalb kürzester Zeit nur noch auf der Erde winden sollte.

Es fing damit an, dass Räuber seine 500 Rinder und 500 Esel stahlen und seine Knechte erschlugen, die mit ihnen die Felder beackerten und sie weideten. Der Bote hatte noch nicht ausgesprochen, da erreichte ihn schon die nächste Hiobsbotschaft, wie solche Schreckensnachrichten nach ihm benannt wurden. Ein furchtbarer Brand hatte seine riesige Herde von 7000 Schafen vernichtet und mit ihr alle seine Hirten. Und während der Bote noch redete, traf schon der nächste ein. Seine 3000 Kamele waren geraubt worden und die Knechte niedergemetzelt. 11000 Tiere, die die Lebensgrundlage für seinen großen Clan bildeten, waren von einem Tag auf den anderen verloren und mit ihnen hunderte treuer Knechte. Aber auch dieser Bote hatte noch nicht geendet, als schon der nächste keuchend eintraf: Hiobs sieben Söhne und drei Töchter tot. Sie hatten sich zum gemeinsamen Essen im Haus des Ältesten getroffen, als ein Wirbelsturm heranfegte, das Haus niederriss und alle unter den Trümmern begrub.

Nachdem er nichts mehr hatte, ging es ihm dann selbst an den Kragen, genauer gesagt an die Haut. Ein übler Ausschlag mit unerträglichem Juckreiz erfasste ihn, und sein Anblick musste so ekelhaft gewesen sein und die Krankheit insgesamt so abstoßend mit den Eitergeschwüren, den sich ablösenden Hautfetzen und den überall herumflatternden Hautschuppen, dass er sein Haus verlassen musste und sich im hintersten Hof verkroch, nur noch damit beschäftigt, sich mit einer Tonscherbe Tag und Nacht zu kratzen.

Doch nicht genug damit! Seine Freunde setzten ihm zusätzlich zu, indem sie immer wieder aufs Neue damit anfingen, er solle doch seine Schuld bekennen, denn Krankheit und alles Übel kämen nicht einfach so. Das ging so lange, bis zuerst Hiob und dann GOTT der Kragen platzte und beide so richtig ausrasteten: Hiob, indem er seine Freunde zum Teufel schickte – also, dass sie endlich verschwinden und ihn in Ruhe lassen sollten; auf den eigentlichen Teufel komme ich gleich noch zu sprechen – und GOTT, indem er zuerst Hiob und dann den Freunden gehörig die Meinung sagte.

Da legte selbst ich, tausende Jahre später und gemütlich, satt und warm auf meinem Polster sitzend, die Ohren an.

Was für ein Auftritt! Aus einem Wettersturm heraus, dass es nur so donnerte, knöpfte sich GOTT Hiob vor, der doch nur wissen wollte, WARUM ihm so übel mitgespielt wurde. Hirnlos sei es, so zu fragen, war das erste, was er zu hören bekam. Und statt Antworten hagelte es Fragen: Wo denn er, Hiob, gewesen sei, als ER die Erde geschaffen hatte? Wie er, der Wurm, das Staubkorn, denn überhaupt dazu komme, nach dem Sinn des Ganzen zu fragen, und wieso ER sich rechtfertigen solle?

»Wer ist's, der den Ratschluss verdunkelt mit Worten ohne Verstand? (...) Wo warst du, als ich die Erde gründete? (...) Bist du zu den Quellen des Meeres gekommen und auf dem Grund der Tiefe gewandelt? Haben sich dir des Todes Pforten je aufgetan oder hast du gesehen die Tore der Finsternis? (...) Bist du gewesen, wo der Schnee herkommt, oder hast du gesehen, wo der Hagel herkommt, die ich verwahrt habe für die Zeit der Trübsal und für den Tag des Streites und des Krieges? Welches ist der Weg dahin, wo das Licht sich teilt und der Ostwind hinfährt über die Erde? Wer hat dem Platzwind seine Bahn gebrochen und den Weg dem Blitz und dem Donner? (...) Wer ist des Regens Vater? Wer hat die Tropfen des Taus gezeugt? Aus wessen Schoß geht das Eis hervor, und wer hat den Reif unter dem Himmel gezeugt, daß Wasser sich zusammenzieht wie Stein und der Wasserspiegel gefriert?

Kannst du die Bande des Siebengestirns zusammenbinden oder den Gürtel des Orion auflösen? Kannst du die Sterne des Tierkreises aufgehen lassen zur rechten Zeit (...)? Weißt du des Himmels Ordnungen, oder bestimmst du seine Herrschaft über die Erde? Kannst du deine Stimme zu der Wolke erheben, damit dich die Menge des Wassers überströme? (...) Wer gibt die Weisheit in das Verborgene? Wer gibt verständige Gedanken? Wer ist so weise, daß er die Wolken zählen könnte? Wer kann die Wasserschläuche am Himmel ausschütten (...)? Kannst du der Löwin ihren Raub zu jagen geben und die jungen Löwen sättigen, wenn sie sich legen in ihren Höhlen und lauern in ihrem Versteck? (...) Fliegt der Falke empor dank deiner Einsicht und breitet seine Flügel aus dem Süden zu? Fliegt der Adler auf deinen Befehl so hoch und baut sein Nest in der Höhe?« (Hiob 38,2-41, Hiob 39,26-28)

Es prasselte nur so auf den armen Hiob nieder, und von einem LIEBEN GOTT war rein gar nichts zu spüren:

»Der Fittich der Straußin hebt sich fröhlich; aber ist's ein Gefieder, das sorgsam birgt? Läßt sie doch ihre Eier auf der Erde liegen zum Ausbrüten auf dem Boden und vergißt, daß ein Fuß sie zertreten und ein wildes Tier sie zerbrechen kann! Sie ist so hart gegen ihre Jungen, als wären es nicht ihre; es kümmert sie nicht, daß ihre Mühe umsonst war. Denn Gott hat ihr die Weisheit versagt und hat ihr keinen Verstand zugeteilt. Doch wenn sie aufgescheucht wird, verlacht sie Roß und Reiter.« (Hiob 39,13-18)

ER brüstete sich sogar mit dem Irrsinn der Natur, den manche als den schlagenden Beweis gegen SEINE Existenz anführen. Mit mehr Verstand und Weisheit wäre wohl viel Leid zu vermeiden, wie ich aus dem Spruch über den Strauß folgerte, doch GOTT hatte es bewusst so eingerichtet und stellte diesen Irrsinn – ich muss das noch einmal so sagen – auch noch als großartige Tat dar. Ich war sprachlos, genau wie Hiob.

Der Strauß, bei dem nur 10 Prozent der Gelege erfolgreich ausgebrütet werden können und der von diesen 10 Prozent all der schönen, hoffnungsvollen Eier wiederum nur 15 Prozent als Küken das erste Lebensjahr erreichen sieht, war so gewollt! Auch ohne eigenes Leid hätte Hiob seine große Klage nur mit Blick auf die Natur anstimmen können:

»Ich schreie zu dir, aber du antwortest mir nicht; ich stehe da, aber du achtest nicht auf mich. Du hast dich mir verwandelt in einen Grausamen und streitest gegen mich mit der Stärke deiner Hand. (…) Ich wartete auf das Gute, und es kam das Böse; ich hoffte auf Licht, und es kam Finsternis. In mir kocht es und hört nicht auf; mich haben überfallen Tage des Elends. (…) Ich bin ein Bruder der Schakale geworden und ein Geselle der Strauße.« (Hiob 30,20-29)

Ich fühlte mich wie ein Spielball dieser Gewalten, schutzlos, hilflos, und duckte mich mit Hiob und den Straußenküken fest in den Sand hinein.

Doch das große Donnerwetter war noch nicht zu Ende. Nun ging es in die Abgründe zu Monsterwesen, die niemand bezwingen kann und schon deren entsetzlicher Anblick einen zu Boden stürzen lässt. Auch ich war wie niedergeschmettert, und die Antwort, die GOTT mit seinen zwei großen Reden aus dem Wettersturm gab, war die, dass es eben keine Antwort gebe. Unfassbar alles, unendlich großartig wie auch entsetzlich, aber genau so richtig!

Dann knöpfte sich GOTT die Freunde vor. Hiob ist unschuldig, und sie sollen sich bei ihm entschuldigen und selber Buße tun für ihr unsägliches Gerede von Schuld und Strafe. Das Leben ist unberechenbar, Schluss mit Fragen nach Gründen und Herumjonglieren mit Plus- und Minuspunkten, die man sammeln und so sein Schicksal bestimmen könne.

Bei den Straußenküken. Es war zu furchtbar.

7. KAPITEL

DIE WETTE

Konnte man an einen GOTT glauben, der nach diesen Ausführungen das Gute wie das Böse umfasst? Konnte man wie Hiob sagen: »Haben wir Gutes empfangen von Gott und sollten das Böse nicht auch annehmen?« (Hiob 2,10) und sich überzeugen lassen, dass es für den Menschen keine Antwort auf die letzte Frage nach dem Warum geben kann?

Käptn Ahab, ein anderer Desperado wie du, liebe *Verzweifelt*, sah das nicht so. Ein Ungetüm von einem Wal hatte ihm das Bein abgebissen, eigentlich nichts weiter als ein Betriebsunfall, der zum Alltag der gefährlichen Jagd auf Wale gehörte und so hunderten anderer auch passierte. Aber dieser Wal mit dem putzig klingenden Namen Moby Dick wurde für Ahab zur Obsession. Ahabs Ohren wurden taub für die Einwände seiner Mannschaft, dass sich das Tier doch nur und verständlicherweise gewehrt habe und sich nicht kampflos ins Abschlachten, Abspecken und Ausnehmen ergeben wolle.

Der große, weiße Wal, der sich nicht bezwingen ließ, der glitzernd und blasend das Meer durchpflügte und in allem an das von GOTT geschaffene Meerungeheuer Leviatan erinnerte, wurde für Ahab zum Satan, zum

Teufel, den er, koste es, was es wolle, zur Strecke bringen musste. Das große Ganze zu akzeptieren, war für ihn keine Option. Und so ging es vielen: Undenkbar ein guter GOTT, der auch für das Schreckliche stehen sollte, und so tauchte der große, böse Gegenspieler von IHM auf, der gefallene Engel des Lichts, Luzifer, Satan, Teufel oder Iblis, wie er bei den Muslimen genannt wird.

Alles soll nun seine Schuld gewesen sein: dass der Mensch das Paradies verloren hatte, sein Werk, da er als Schlange verkleidet die Menschen zum Ungehorsam verführt hatte; dass Hiob Kinder, Besitz und Gesundheit verloren hatte, sein Werk, da er die Räuber, den Brand, den Sturm und die Krankheit geschickt hatte. Später sollte es sogar noch heißen, dass die ganze Welt in seinen Händen liege:

»Wir wissen, daß wir von Gott sind, und die ganze Welt ist in der Gewalt des Bösen.« (1. Johannes 5,19)

»Seid nüchtern und wacht; denn euer Widersacher, der Teufel, geht umher wie ein brüllender Löwe und sucht, wen er verschlingen kann.« (1. Petrus 5,8)

Ich merkte, dass ich mit diesem Böbaz (bösester Bösewicht aller Zeiten) auf ein massives theologisches Problem zusteuerte, aber eines war nun definitiv klar: Nein, Nein und nochmals Nein auf *Verzweifelts* Frage, ob sie ihr Schicksal aufgrund irgendeiner Untat verdient hätte, sei es jetzt oder durch ein früheres Leben oder durch ihren Vater. Sie war NUR (ich könnte aufschreien vor Wut) zum Spielball einer gigantischen, kosmischen Wette geworden. Ja, liebe *Verzweifelt*, du liest richtig. Genau das habe ich für dich herausgefunden. Bei dem was du durchmachen musst, geht es nicht um Schuld und Sünde, sondern um die Frage, ob man GOTT und das Leben lieben kann, nicht *weil* es schön und gut ist, sondern *obwohl* es auch grausam und ungerecht ist. Doch lies selbst, wie es für Hiob zu dem Super-GAU in seinem Leben gekommen war:

»Es begab sich aber eines Tages, da die Gottessöhne kamen und vor den HERRN traten, kam auch der Satan unter ihnen. Der Herr aber sprach zu dem Satan: Wo kommst du her? Der Satan antwortete dem HERRN und sprach: Ich habe die Erde durchzogen. Der HERR sprach zum Satan: Hast du achtgehabt auf meinen Knecht Hiob? Denn es ist seinesgleichen nicht auf Erden, fromm und rechtschaffen, gottesfürchtig und meidet das Böse. Der Satan antwortete dem HERRN und sprach: Meinst du, daß Hiob Gott umsonst fürchtet? Hast du doch ihn, sein Haus und alles, was er hat, ringsumher beschützt. Du hast das Werk seiner Hände gesegnet, und sein Besitz hat sich ausgebreitet im Lande. Aber strecke deine Hand aus und taste alles an, was er hat: was gilt's, er wird dir ins Angesicht absagen! Der HERR sprach zum Satan: Siehe, alles, was er hat, sei in deiner Hand; nur an ihn selbst lege deine Hand nicht. Da ging der Satan hinaus vor dem HERRN.« (Hiob 1,6-12)

Dass Frau Chen so gerne Liebeslieder hörte wie »Love is a Battlefield« oder »Wahnsinn, warum schickst du mich in die Hölle«, bekam für mich auf einmal einen ganz neuen Sinn. Da will einer, und zwar kein geringerer als GOTT, wissen, ob man ihn – bombastisch ausgedrückt – fürchtet, also Ehrfurcht vor ihm hat, ihn schätzt, anerkennt und ihm die Treue hält, in guten wie in schlechten Tagen. Bei der Wette ging es um die bedingungslose Liebe, von der wohl jeder von uns träumt. Geliebt werden, nicht weil man diese oder jene Vorzüge hat, sondern obwohl man auch schrecklich sein kann oder schrecklich aussehen kann wie du, liebe *Verzweifelt*, mit deinem Loch im Gesicht.

Ich begann wie Hiob, GOTTES Schöpfung und das Leben mit seinen Höhen und Tiefen als große Prüfung zu verstehen, als Aufforderung zum Liebesbeweis:

»Der HERR hat's gegeben, der HERR hat's genommen; der Name des HERRN sei gelobt.« (Hiob 1,21-22)

Einfach gesagt: Das Leben ist kein Spaziergang.

Inzwischen war es mir egal, wie ich aussah, ob man mich und das Floß, an das ich mich krallte, erkennen konnte. Alles Kinkerlitzchen in den Stürmen des Lebens!

8. KAPITEL

DER, DIE ODER DAS HÖCHSTE EINE

Die Sache mit dem Teufel ließ mich nicht los, der mal wie zum netten Kaffeekränzchen zu GOTT kommen und mit ihm wetten konnte, dann wiederum als der Erzfeind bekämpft und in einer großen Vernichtungsschlacht für immer besiegt werden sollte. Mir wurde ganz gruselig:

»Und ich sah einen Engel vom Himmel herabfahren, der hatte den Schlüssel zum Abgrund und eine große Kette in seiner Hand. Und er ergriff den Drachen, die alte Schlange, das ist der Teufel und der Satan, und fesselte ihn für tausend Jahre, und warf ihn in den Abgrund und verschloß ihn und setzte ein Siegel oben darauf, damit er die Völker nicht mehr verführen sollte, bis vollendet würden die tausend Jahre. Danach muß er losgelassen werden eine kleine Zeit.«
(Offenbarung 20,1-3)

Ich war beim Jüngsten Gericht gelandet, beim Weltuntergang, bei der Apokalypse, wenn alles zusammenbricht und es zum Showdown zwischen den guten und bösen Mächten kommt. GOTT und die Guten würden natürlich siegen, die Bösen würden bestraft, der Teufel würde vernichtet und die nur Halbbösen oder nicht

43

immer Guten, wozu schätzungsweise wir alle zählen, bekämen die Chance, sich zu bessern. Danach würde das eigentliche Paradies anbrechen und es gäbe keinen Tod, keinen Krieg, keine Krankheit und keine fehlenden Nasen mehr. So die große Hoffnung, wie sie in der Bibel verkündet wird und die viele *Verzweifelt* seit über zweitausend Jahren tröstet.

Mich verwirrte das ungemein, denn mit dieser Hoffnung wurde die Frage nochmals und umso deutlicher gestellt, wie Gut und Böse denn ins Bild von einem großen, guten GOTT passen können. Gab es zwei Supermächte, die gegeneinander kämpfen? Oder kämpft GOTT, der doch alles geschaffen haben soll – und somit auch das Böse! –, am Schluss gar gegen sich selbst?

Ich musste gestehen, dass ich mich inzwischen ziemlich weit von *Verzweifelts* Brief entfernt hatte, denn all dies wollte sie wahrscheinlich gar nicht wissen. Ich war in einen Sog an Fragen und Widersprüchen geraten und von Woche zu Woche wurde ich nur konfuser und wollte meine Studien am liebsten einstellen. Doch auch das ging nicht. Nicht nur, dass ich keine Antwort fand, ich konnte einfach nicht mehr aufhören zu fragen.

Langsam verstand ich *Miss Lonelyhearts*, die bzw. der inmitten der Berge an Leid, die sich täglich vor ihm auf seinem Schreibtisch auftürmten, in einem grau-schwarzen Nebel gefangen war und Sonne und Orientierung verloren hatte.

Ich hatte mich an einem Riesenbrocken festgebissen und hätte jaulen können vor Wut, aber es half nichts. Loslassen ging nicht, beim besten Willen nicht. Diesem »Loslassen« begegnete ich inzwischen andauernd bei meiner Lektüre. Anstelle von wirklich befriedigenden und befreienden Antworten schienen alle zum Loslassen zu flüchten: das Unerklärliche auf sich beruhen lassen, die Widersprüche stehen lassen, leer werden, das Denken sich denken lassen und frei werden. So verlockend das klang, es war keine Lösung für mich. Wie ein Schwimmer einem Strudel, dem er zu nahe gekommen war, nicht mehr entkommen kann, so konnte ich mich meiner Fragerei nicht mehr entziehen. Ich holte also tief Luft, tauchte mit aller Kraft ab und ließ mich in die Tiefe ziehen, denn das war die einzige Möglichkeit, um Ruhe zu finden. Ich musste der Sache auf den Grund gehen.

So einfach das jetzt klingt, so anstrengend war es in Wirklichkeit. Es folgten wieder Monate harter Arbeit und ich konnte nur hoffen, dass *Verzweifelt* nicht inzwischen beschlossen hatte, ihr Leben zu beenden. *Liebe Verzweifelt, bitte noch etwas Geduld, ich werde dir schreiben!*

Und dann wurde ich fündig, sah den Boden vor meiner Nase und spürte, dass der Sog verschwunden war. Ich war am Grund, wo es still war, ganz unbewegt. Ich hatte den Strudel untertaucht, so dass ich mit einer leichten Seitenbewegung wegschwimmen und der gefährlichen Walze entkommen konnte. Endlich hatte ich eine Antwort gefunden, die mich überzeugte und die ich, hoffentlich mit verständlichen Worten, wiedergeben kann, denn ich war bei meinem Tauchgang bei den alten Chinesen gelandet und ihrer Philosophie vom »Höchsten Einen«, dem »Tai Chi«.

Wer mich jetzt beim Schattenboxen sieht, wie ich mit weichen Pfoten Kreise in die Luft schreibe und den unsichtbaren Energieball hin und her drehe, denkt etwas zu kurz. Nicht nur, dass sich hinter diesen sanften Körperübungen ausgesprochen rabiate Griffe zur Selbstverteidigung verstecken – wer würde schon vermuten, dass bei einer läppisch aussehenden Verbeugung, genannt »Die Nadel vom Meeresgrund holen«, in Wirklichkeit dem Gegner fies in die Blase gestochen wird –, nein, es ging noch viel, viel tiefer.

Ich musste das unbedingt aufzeichnen und begab mich ganz oldschoolmäßig an die Tafel, die Frau Chen für ihre beiden Enkelinnen aufgestellt hatte. Zwischen den Kopffüßlern, die die Kleinen gemalt hatten, sollten meine Formeln nicht weiter auffallen. Ich fasste also zusammen:

Der gute GOTT = A, der böse Teufel = B. Dass sich diese beiden als eigene Kräfte gegenüber stehen, konnte ich ausschließen. Dieser Dualismus war im Widerspruch zu der Aussage vom allmächtigen GOTT, der der Ursprung von allem war. Dass A und B wie zwei Hälften zusammengehören, verwarf ich ebenfalls. Die Vorstellung von GOTT als einem ins Kosmische gesteigerten Dr. Jekyll und Mr. Hyde war einfach nur psycho. Dass A und B aber irgendwie zusammenpassen müssen, war nicht zu leugnen, und so landete ich beim Yin und Yang Symbol, das wahrscheinlich schon jeder einmal irgendwo gesehen hat, mich aber nun regelrecht elektrisierte:

Die zwei Kaulquappen, die sich hier als schwarzes Yin und weißes Yang aneinander schmiegen, hatten es wirklich in sich und waren weit mehr als ein Zeichen für Harmonie, wie meistens damit assoziiert wird. Der Clou war, dass sich hier nicht zwei Gegensätze als Kontrahenten gegenüber stehen, sondern zwei Pole, Plus und Minus, die sich ergänzen und einander brauchen! Ich stellte mir das wie bei einer Batterie vor, bei der sich auch erst dann etwas tut und Energie entsteht, wenn ein Plus- und ein Minus-Pol vorhanden sind. Da wäre es ja auch völliger Quatsch zu sagen: »Nö, einen Minus-Pol will ich nicht, der ist mir zu negativ, der muss weg.«

Als mir mit Yin und Yang das Licht aufging, machte ich einen Freudensprung:-)))

Auf den Spuren der alten Chinesen war ich in einem Bergtal gelandet, dem Ort, wo ihnen die Idee für ihr Yin-Yang-Model gekommen war.

Ich sah ein Grüppchen Chinesen vor mir, wie sie bei Sonnenaufgang in einem Tal wanderten. Sie waren noch ganz im Dunklen auf der im Schatten liegenden Seite, es fröstelte sie und sie fluchten über den matschig-weichen Weg, auf dem sie dauernd ausrutschten. *Yin* war ihr Wort für die *Schattenseite* und ist es übrigens auch heute noch, wie jeder, der Chinesisch lernt, bestätigen kann.

Sehnsüchtig blickten sie auf die gegenüberliegende Seite, die von den Sonnenstrahlen schon erwärmt worden war – die *Sonnenseite Yang*. Freundlich hell war es dort mit idealen Bodenverhältnissen, da die Tautropfen der Nacht schon weggetrocknet waren.

Sie setzten ihren Weg fort, genossen die Landschaft und das stärker werdende Licht, kamen gegen Mittag ziemlich ins Schwitzen und als sie abends dann die andere Seite erreicht hatten, stellen sie fest, dass es nun wiederum hier auf der Yang-Seite kühl und feucht wurde, während die gegenüberliegende Yin-Seite hell erstrahlte.

Wahrscheinlich waren sie schon tausend Mal in dem Tal herumspaziert oder hatten dort Tee gepflückt, bis ihnen die ganze Tragweite dieser Veränderungen in den Sinn kam. Und das genau war es, was mich so faszinierte und was das Yin und Yang der Chinesen so vom Hell und Dunkel in der westlichen Welt unterschied:

Mit dem sich ändernden Sonnenstand wandeln sich nämlich Yin und Yang. Die schattige Yin-Seite wird allmählich zu Yang und umgekehrt. Wenn am Ende des Tages dann die Sonne untergeht, ist es auf der ursprünglichen Yin-Seite noch freundlich warm und trocken, während die einstige Yang-Seite schattig-kühl und feucht geworden war.

Das dunkle Yin trägt somit potentiell das helle Yang in sich und das helle Yang birgt in sich die Möglichkeit zum dunklen Yin. In dem Symbol wird dies durch die beiden Punkte veranschaulicht, mit denen uns die zwei Kaulquappen anschauen.

Liebe Verzweifelt, wenn du dich jetzt auch in einer Yin-Situation befindest, verzweifle nicht! Die Welt ändert sich dauernd, und dein Unglück kann sich immer auch noch in Glück verwandeln.

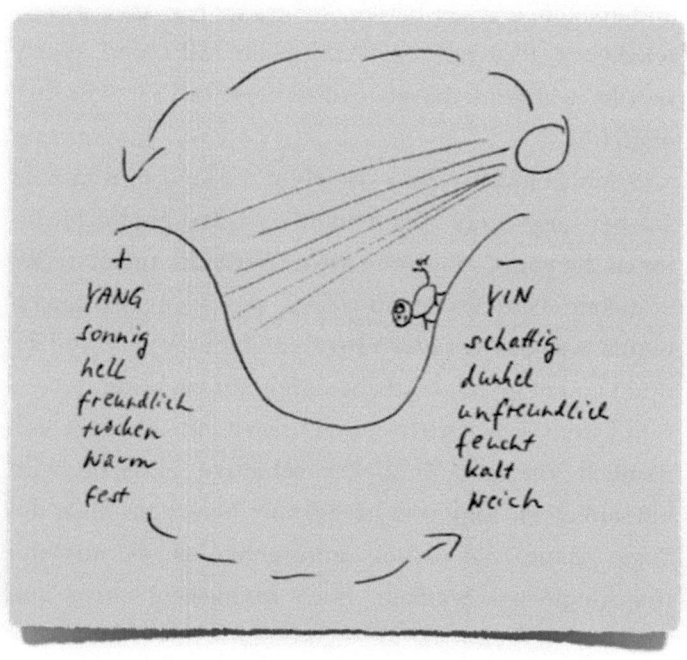

Wie beruhigend! Es bleibt nicht beim Dunklen.

Nun sah das aber nach einer Endlos-Nummer aus. Die Sonne geht auf und unter, wieder auf und wieder unter, das Unangenehme verwandelt sich in Erfreuliches, bleibt aber eben nicht so, und das zuvor noch Schöne wird auch irgendwann zum Grässlichen. Aus Leid kann Glück werden, aus Glück dann aber wieder Leid. Solch einen ewigen Kreislauf stellen sich die Hindus in Indien vor, soweit ich das bislang nach meinen unzähligen Stunden mit religiöser Literatur beurteilen kann.

Beim »Tai Chi« der Chinesen war der Fall aber anders gelagert. Hier gab es ein Höchstes, das »Chi«, was richtig »Ji« geschrieben werden sollte und nicht zu verwechseln ist mit »Qi«, der »Energie«, auch wenn hierzulande alles in einen großen »Chi«-Eintopf geworfen wird, aus dem ich mich nun auch der Einfachheit halber bediene. Das »Chi« jedenfalls für das »Eine« bedeutet auch »First«, der höchste Punkt also in einem Haus, von dem die beiden Dachhälften ausgehen.

Ich sah ein chinesisches Häuschen vor mir und das schön geschwungene Dach mit Yin nach links und Yang nach rechts. Beide hatten ihren Ursprung im Dachfirst, und wenn sich diese Dachspitze noch nicht als materialisierte Kräfte zeigte – als die ausgefahrenen Dachhälften –, stellten die Chinesen das als leeren Kreis dar. Und nun die Ohren aufgestellt, denn jetzt kommt meine Erkenntnis, die ich, von diesem Konzept ausgehend, für den Wirrwarr von GOTT und Teufel gewonnen habe, oder einfach auch nur der Transfer, wie man das in der Schule so nennt:

GOTT ist das höchste Eine, von dem alles stammt, Gut und Böse, Plus und Minus, ist aber weit mehr als die Summe dieser beiden Teile und als Gesamtheit gut. Die große Verwirrung entsteht, weil für beide Bereiche (für den Teilaspekt und für die Gesamtheit) dasselbe Wort »gut« verwendet wird.

Liebe Verzweifelt, ich weiß nicht, ob du in der Schule schon Mengenlehre hattest, und wenn ja, kannst du mir vielleicht dabei helfen, diesen Widerspruch von Gut = A und Gut = A+B richtig darzustellen.

So glücklich hatte ich mich lange nicht mehr gefühlt:-)

Dass Gut und Böse, Glück und Unglück, Freude und Leid letztlich einen tieferen Sinn haben und das Leben als Ganzes gut ist, entnehme ich als wichtigste Aussage der Bibel, die ich so lange studiert habe. Während sich die alten Chinesen zu dem leeren Kreis des »Tai Chi«, in dem die beiden Pole zusammenfallen und noch nicht ausdifferenziert sind, nicht weiter äußern bzw. immer nur seine Unbeschreibbarkeit hervorheben, fand ich über GOTT eine Aussage, die mich aufspringen und den ganzen Schlamassel in der Welt vergessen ließ:

»Im Anfang war der Sinn, und der Sinn war bei Gott, und der Sinn war Gott. Dies war im Anfang bei Gott. ALLE DINGE SIND DURCH SINN GEMACHT, UND OHNE SINN IST NICHTS GEMACHT.« (Joh. 1,1-4)

Über diese wichtige Bibelstelle stolpern fast alle, weil das entscheidende Wort »Logos«, das hier steht und das »Sinn« und »Wort« bedeutet, aus mir unerfindlichen Gründen immer nur mit »Wort« übersetzt wird, worunter man sich nun wirklich nichts vorstellen kann. Wie ganz anders ist doch die Botschaft, die wirklich frohe Botschaft, dass alles einen Sinn hat! Ich sah nochmals meine Aufzeichnungen auf der Tafel an und fasste zusammen: Das Gegenteil von GOTT als A ist nicht der Teufel und das Böse B, sondern das Nichts, dass es absolut gar nichts gibt, nicht einmal Anti-Materie, die auch wieder Eigenschaften hat und an Materie gekoppelt ist.

9. KAPITEL
DIMENSIONEN

»Alle Dinge sind durch Sinn gemacht«, aber welchen Sinn sollten all die Grausamkeiten haben, der dauernde Kampf ums Überleben in der Natur, die vielen Schicksalsschläge, die oft gar nicht zu verkraften sind und uns für immer zeichnen? Konnte man sich etwas Sinnloseres vorstellen als ein Würmchen von einem Säugling, das sich bei den Mühen der Geburt noch im letzten Moment in der Nabelschnur verheddert und selbst erwürgt? Das hätte doch nicht sein müssen, genau wie bei dir, liebe *Verzweifelt*. Es hätte nicht sein müssen, dass dir die Nase fehlt. Warum also?

Damit war ich wieder bei Hiob angekommen, der die Antwort erhalten hatte, dass es KEINE Antwort gibt. Der Mensch und wir alle könnten sie nicht verstehen, *aber glaubt mir*, so die Zusage von GOTT, *es ist gut so*.

Nun hatte Hiob den großen Vorteil, dass sich bei ihm in der Tat alles wieder zum Guten und sogar noch viel Besseren als zuvor wandte. Er wurde wieder gesund, bekam wieder eine große Familie und noch mehr Reichtümer. GOTT gab ihm nicht nur sein ursprüngliches Glück zurück, sondern verdoppelte es sogar. Aber für wie viele bleibt alles beim Alten – Kind tot, Nase weg, Schmerzen ohne Ende?

So eindeutig GOTTES Stimme aus dem Off gesprochen hatte, so schwer war seine Antwort der Nicht-Antwort zu akzeptieren. Wer hört schon gerne: »Das verstehst du nicht. Das geht über deinen Horizont!« Also ich hielt das auch erst einmal für eine üble Nummer, sich aus der Verantwortung zu stehlen. Da schien der große Meister selbst massiv in Erklärungsnot zu sein und sich damit zu drücken, dass wir alle das nicht begreifen können.

Frechheit!, dachte ich mir noch, als ich mich mit einem Knabberknochen in meinen Hundekorb zurückzog, um mich erfreulicheren und wirklich handfesten Dingen zuzuwenden. Ich nagte, schmatzte, sabbelte so vor mich hin, biss und kaute, schluckte schon etwas von dem köstlichen Knochensaft herunter, da bemerkte ich ein ungutes Jucken am Hinterlauf.

Darf es wahr sein? Frau Chen hatte mich doch erst mit diesen übelriechenden Tropfen gepiesackt und nun war so ein Quälgeist doch schon wieder da.

Ich hatte richtig gespürt: Eine Zecke hatte ihren Kopf in meine zarte Haut gezwängt, sich einfach durchgebissen, war nun am Saugen und glänzte schon dunkelbraun und ölig-glatt wie eine Kaffeebohne. Ich bekam das kleine Biest einfach nicht zu packen und musste tatenlos mitansehen, wie es sich an meinem Blut gütlich tat. In hungrigem Zustand nicht größer als ein Mohnkrümel, war es nun schätzungsweise auf ein Tausendfaches seines Gewichts angewachsen. Das Tierchen musste ein einziger, großer Magen sein, schoss es mir durch den Sinn, und ich überlegte, wie ich wohl aussehen würde und welche Mengen an Futter ich verdrücken müsste, um auf ein vergleichbares Ergebnis zu kommen. Während diese Gedanken gerade anfingen, meinen Appetit ungemein anzuregen, machte sich in meinem Denkorgan Empörung breit:

Ich bin doch keine Fressmaschine wie diese Zecke, die gerade mal drei Dinge wahrnehmen kann, um zu ihrem Glücksgefühl des vollen Bauchs zu kommen: oben und unten, warm und kalt, Buttersäure ja oder nein. Was für eine kleine Welt! Sie kann nicht sehen, nicht hören, nichts riechen außer Buttersäure. Sie hat wirklich keine Ahnung, was um sie herum alles geboten ist.

Ich schaute zu Frau Chen, die eben verkündete, dass sie zur Tür gehen wolle, sie habe den Postboten kommen hören.

Lächerlich, ich hatte den guten Mann schon eine Ewigkeit zuvor gehört, wie er sich unserem Haus näherte, mit seinem leicht einseitigen Gang, das linke Bein etwas nachziehend, wie immer, wenn er ein schweres Paket zu schleppen hatte. Ein Kieselsteinchen, wohl Rollsplitt von der Einfahrt unseres Nachbarn weiter oben, steckte in seinem Schuhprofil, was ein unangenehmes, kurzes Kratzgeräusch bei jedem Tritt verursachte, aber außer mir niemand zu bemerken schien. Überhaupt gab es im und weit ums Haus herum Geräusche ohne Ende, von denen weder die Zecke noch Frau oder Herr Chen die geringste Ahnung hatten. Die Welt der Töne war ihnen bis auf ein paar Klanginseln verschlossen, so wie ich wiederum einen riesigen blinden Fleck beim Sehen hatte.

Auch wenn wir Hunde für unseren unvergleichlichen Blick so geliebt werden, musste ich zugeben, dass ich beim Sehen selbst gewisse Defizite hatte, zumindest aus Sicht von Frau Chen, die immer irgendwo hindeutete, wo angeblich etwas sehr Sehenswertes für mich sein sollte.

»Da, Percy, da!«, rief sie und wartete darauf, dass ich den Ball entdeckte, den ihre Enkelinnen liegen gelassen hatten und den ich ihr nun bringen sollte.

Ich muss das einmal klarstellen: Wir Hunde sehen in erster Linie Bewegung, und alle Dinge, die irgendwie herumstehen oder herumliegen sind eine ziemlich undifferenzierte Masse, die sich vor uns vor allem in Grautönen ausbreitet. Bunt sehen wir schon auch, aber nur Blau- und Gelbtöne, so dass ein Rot, das ich mir beim besten Willen nicht vorstellen kann, nichts anderes als ein Gelb ist, auch wenn Frau Chen von ihren roten Rosen im Garten als so besonders schön schwärmt. Genauso geht es mir übrigens mit dem vermeintlichen

Grün, das als große Wiese, Gräser, Büsche und Moose so frisch und wohltuend für die Augen sein soll, wie Frau Chen bei fast jedem unserer Spaziergänge ins Schwelgen kommt. Regelrecht albern wird es dann aber, wenn wir vor dem Fernseher liegen und uns ein Fußballspiel anschauen. Klar, dass ich ab und zu den Kopf hebe und in die Flimmerkiste schaue, aber was Frau und Herr Chen daraus folgern, ist echt zum Piepen.

»Percy sieht so gerne Fußball.«

»Ja, das Grün gefällt ihm so, weil er so gerne draußen ist.«

Einfach nur lachhaft! Der grüne Rasen gehört für mich zu einem Blass-Grau-Gelb, und da ich Bewegungen viel deutlicher wahrnehme als Frau und Herr Chen, ist für mich Fernsehen, wenn nicht in HD-Qualität geboten, ein fortlaufendes, super schnelles Flimmern in Hell-Dunkel mit ein paar aparten blauen und gelben Punkten, wenn beispielsweise Schalke gegen den BVB spielt. Gar keinen Unterschied wiederum macht es für mich, wenn Bayern gegen Dortmund spielt, da werden mir nur mehr gelbe Punkte geboten.

Um meine Farb- und Scharfsichtigkeit ist es also nicht gut bestellt, weshalb ich vieles nicht wahrnehme, das für Frau Chen ganz selbstverständlich ist. Aber auch sie spricht dauernd von einem blinden Fleck, von Dingen und Dimensionen, die ihrem Wahrnehmungsapparat verborgen sind. Sie denkt dabei nicht einmal an den

Adler, der eine Maus aus drei Kilometer Entfernung erspähen kann und ein erweitertes Gesichtsfeld mit nahezu Rundblick hat. Sie hat die String-Theorie gepackt, wonach wir noch in der dritten Dimension verkapselt sind – meine Zecke mit ihrem bloßen Oben und Unten vielleicht sogar nur in der zweiten – und keine Ahnung haben, was sich vor, um und in uns entfalten würde, wenn wir mit einem anderen Sensorium ausgestattet wären.

Sie versuchte gerade, in die vierte Dimension vorzudringen, und war *geflasht* – hat sie selbst so gesagt – von einem chinesischen Science Fiction Autor, der den Mut hatte, das physikalisch Unvorstellbare irgendwie doch vorstellbar zu machen.

Die Weltraumfahrer, um die es in seinem Roman geht, haben über ein zufällig entdecktes Kraftfeld Zugang zur vierten Dimension gefunden. Es ist, als ob sie schlagartig mit einem neuen Sinnesorgan ausgestattet wären. Die Zecke würde wahrscheinlich ganz ähnlich schreiben, wenn sie auf einmal Augen und Ohren und ein Gehirn hätte und damit sich und ihre alte Umwelt, in diesem Falle mich, betrachten würde:

»Wer von der vierdimensionalen Welt zum ersten Mal auf die dreidimensionale zurückblickte, begriff mit einem Mal, dass er die Welt, in der er lebte, noch nie gesehen hatte. (…) Nichts stand der Sicht mehr im Weg, selbst das Innere verschlossener Räume lag offen da. Die Veränderung war vermeintlich simpel, aber eine Welt, die sich so darstellte, bot einen erstaunlichen visuellen Effekt. Wenn alles ohne Wände und Abdeckungen offen dalag, musste das Auge des Betrachters das Hundertmillionenfache an Informationen verarbeiten wie im dreidimensionalen Raum. So viele Informationen konnte kein gewöhnliches Gehirn verarbeiten.

Vor Morovics und Guan Yifans Augen breitete sich die Lan Kong aus wie ein riesiges Gemälde. Sie sahen durch sie hindurch bis zum Heck und zum Bug, blickten ins Innere jeder Kabine und jedes verschlossenen Behälters, nahmen wahr, wie Flüssigkeiten durch ein Gewirr von Schläuchen flossen, sahen den Feuerball der permanenten Kernfusionsreaktionen. Was nicht verloren ging, war die Perspektive, weshalb weiter entfernte Objekte undeutlich blieben. Trotzdem war alles sichtbar.

Allerdings war es nicht etwa so, dass sie durch alles hindurchsahen bis zum Heck. Sie sahen durch nichts hindurch, sie sahen einfach alles. (…) Am wenigsten hätten sie den anderen beschreiben können, wie es aussieht, wenn man das Innere von fester Materie offen vor sich sieht. Alles, das Querprofil von Metall, Wänden, Stein, war auf einmal zu sehen. Morovic und Guan Yifan fühlten sich wie Ertrinkende in einem Meer von Informationen – um sie herum lagen alle Einzelheiten des Universums offen, und jede Einzelheit forderte ihre Aufmerksamkeit mit lebhaften Farben und Formen.

Dieses visuelle Phänomen der endlosen Einzelheiten war nicht leicht zu verkraften. Im dreidimensionalen Raum waren die Details beschränkt, egal wie kompliziert die Umgebung oder Gegenstände waren. Mit ausreichend Zeit konnte man alle Details nacheinander erfassen. Doch aus dem vierdimensionalen Raum heraus betrachtet, vervielfältigten sich die Einzelheiten ins Unendliche.

So lag jede Einzelheit des Schiffs offen vor ihnen, doch jeder Blick auf ein bestimmtes Objekt wie zum Beispiel einen Bleistift, legte wiederum endlose neue Informationen bloß, wie eine russische Matrjoschka, die in ihrem Inneren eine endlose Zahl weiterer Matrjoschkas verbarg. Ihr visuelles Vermögen war völlig überfordert. Auch ein ganzes Leben würde nicht ausreichen, um alle Formen und Farben auszuwerten. Jedes beliebige aus der vierten Dimension betrachtete Objekt erhielt eine Tiefe, von der dem Betrachter schwindelte. Sie steckten in einer Nussschale und waren dabei die Könige des unendlichen Raums.

Sie sahen einander an, Körperorgane, Knochen, Knochenmark, das Blut in Adern und Venen, sahen, wie sich die Mitralklappen und die Trikuspidalklappen öffneten und schlossen, sahen das Innere ihrer Augäpfel, ihrer Hirnwindungen …

Nein, sie sahen das nicht alles ›parallel‹ nebeneinander. Die physische Anordnung der Körper stimmte mit der dreidimensionalen Ansicht überein, die Haut umschloss die Organe und Knochen, doch alles war jeweils aufgefächert in Einzelheiten, die gleichzeitig sichtbar waren.

›Bewegen Sie sich bloß vorsichtig‹, mahnte Chu Yan, ›sonst beschädigen Sie noch versehentlich ein inneres Organ. Immer sachte, dann macht es nichts, wenn Sie anstoßen. Es könnte aber Schmerzen und Infektionen verursachen. Fassen Sie nichts an, von dem Sie nicht sicher sind, was es ist. Alles ist nackt, es kann passieren, dass Sie in einen Schaltkreis greifen oder einfach in ein Stromkabel und einen Kurzschluss auslösen. Sie sind jetzt Götter des dreidimensionalen Raums. Doch um Ihre Macht nutzen zu können, müssen Sie sich erst an den vierdimensionalen Raum gewöhnen.‹

Es dauerte nicht allzu lange, bis Morovic und Guan Yifan verstanden hatten, wie sie Berührungen mit lebenswichtigen Organen vermieden, wie sie die Hand einer Person statt ihrer Knochen ergriffen. Die Kräfte mussten in eine andere Richtung geleitet werden, um Innenliegendes zu berühren, eine Richtung, die es nur in der vierten Dimension gab.

Sie entdeckten noch Aufregenderes: Sie konnten in alle Richtungen die Sterne sehen ... Die vierte Dimension setzte sie dem Weltraum aus. (...)

Es war ein Ausruf Guan Yifans, der später zum geflügelten Wort avancierte: ›Jeder Zoll ein bodenloser Abgrund.‹«[5]

Ich schaute meine Zecke an, dann Frau Chen, die freudig ihr Bücherpaket auspackte. Stimmt, wir haben alle keine Ahnung bzw. nur einen Hauch von Ahnung! Die Buddhisten nennen das »Maya«, den Schleier der Illusionen, der uns in vielen, vielen Schichten umhüllt. Könnte ich eine Lage davon abziehen, wäre ich, Viktor Percy, auf einmal selbst nur eine Illusion und stattdessen ein Kosmos für sich. Nicht nur, dass ich mit meinem Fellwald, meinen Speichelflüssen und Blutbahnen ein wunderbares Biotop für Zecken und Flöhe bin, nein, ich wäre überhaupt ein Gewusel an Mikroorganismen, ein Gewirr von Aminosäuren, die sich verketten, von Zellen mit und ohne Kernen, von Plasma und Wasser und Botenstoffen, die hin und her sausen.

Ich kam mir auf einmal wie gepixelt vor, und die vielen dick gepanzerten Milben, die wie Würmer an den Ansätzen meiner Wimpern aus den Hautporen lugten – *hast du übrigens auch, liebe Verzweifelt* –, erschreckten mich fast zu Tode. Ich legte die Ohren an

---

[5] aus: Cixin Liu, Jenseits der Zeit, aus dem Chinesischen von Karin Betz, © 2019 Wilhelm Heyne Verlag, München, in der Penguin Random House Verlagsgruppe, S. 378-382 (Original: Sishen Yongsheng, Chongqing, 2010)

und schmiegte mich an Frau Chens Füße oder zumindest an das, was ich bislang dafür gehalten hatte.

Hilfe! Mich im Quantenmodus oder als Biotop darzustellen, wäre selbst Leonardo da Vinci nicht geglückt. Die Art Steine rechts sind Hautporen an meinem Auge, aus denen ein langes Wimpernhaar herauswächst, umringt von diesen grässlichen Haarbalgmilben. So sieht das wirklich aus, wenn man sich in den Mikrokosmos begibt!

Selbst die Vorstellung, dass bei einer weiteren Auflösung von allem in Teilchen und Wellen, Strings und Tachyonen auch die grässliche Haarmilbe verschwinden würde, konnte mich nicht beruhigen. Um mich herum und in mir flirrte und kribbelte es, und ich wälzte mich von einer Seite auf die andere.

»Oh Percy, willst du gestreichelt werden? Ja, dir geht es heute wieder gut!« sagte Frau Chen und begann, mich am Bauch zu kraulen. Dabei hatte ich im Moment alles andere als Streicheleinheiten im Sinn.

»Was willst du denn streicheln?«, hätte ich am liebsten zurückgefragt, »Die Milliarden Bakterien in und auf mir oder die wie verrückt kreisenden Atome?«

Auf diesem Level jedenfalls gab es keine erwürgten Säuglinge und keine Löcher im Gesicht, und ich glaube, das war die eigentliche Botschaft von dem Mann am Kreuz und seiner »Auferstehung«: drastisch durch den eigenen, qualvollen Tod vorführen, dass das Leben auf der einen Ebene grausam ist, sich aber auf der anderen Ebene komplett verwandelt. Wie Miss Lonelyhearts hatte ich immer wieder den Toten am Marterpfahl angeschaut, bis mir nach langer Ratlosigkeit ein Licht aufging. Ich konnte das nur so verstehen:

Nachdem das Donnerwetter an Hiob, dass der Mensch endlich einsehen solle, ein *Homo nix sapiens* zu sein, schnell verhallt war und die Menschen immer weiter über ihre Schicksale klagten und nach dem

Warum fragten, entschloss sich GOTT, statt großer Worte ein Exempel zu statuieren. Ein für allemal sollte das leidige Thema mit dem Leid geklärt werden. GOTT schickte also seinen Sohn – man könnte auch sagen, dass er sich selbst als Mensch inkarnierte –, um durch ihn vorzuleben, was Leben bedeutet: eben auch nicht verstanden zu werden, verhöhnt zu werden, gefoltert zu werden, Leid zu erfahren bis hin zu übelster Folter.

Ja, es war ein Opfertod, den Jesus da starb, aber nicht, um den Ungehorsam von Adam und Eva zu sühnen, wie hartnäckig gemeint wird, sondern um mit Blut und Schweiß und Angst und Schmerzen und Zorn und Trauer und Tränen und Stöhnen vor Augen zu führen, dass all das eben auch zum Gesamtpaket unseres Lebens gehört, dass dann aber noch lange nicht Schluss ist. Was dann noch kommt – oder auf einer anderen Frequenz sowieso schon da ist –, übersteigt unseren Horizont. Schon deshalb ließ Jesus die Finger von jeglicher Theorie und sprach in Gleichnissen.

10. KAPITEL

DIE ANDERE WELT

Von da an ging es mir wie Sir Eddington, einem genialen Kopf wie Einstein oder Hawking:

»Ganz unumwunden erklärt Eddington, er besitze zwei Schreibtische, einen, den er gewöhnlich gebraucht und der sich in seiner Sinnenwelt befindet. Außerdem besitzt er einen physikalischen Schreibtisch, dessen Substanz nur den billionstel Teil des sinnlichen Schreibtisches ausmacht, weil er gar nicht aus Holz besteht, sondern aus einer unermeßlich großen Anzahl kleinster Elemente, von denen man nicht sicher sei, ob sie Körper oder Bewegungen darstellten und die sich in unvorstellbarer Geschwindigkeit umeinander drehen. Diese Elementarteilchen sind noch kein Stoff, aber ihre Wirkungen täuschen in der Sinnenwelt die Existenz von Stoffen vor. Sie treiben ihr Unwesen in einer vierdimensionalen Raumzeitgröße, die eine Krümmung besitzen soll und zugleich unendlich und begrenzt ist.«[6]

Die gekrümmte Raumzeit wird mir wohl auf ewig ein Rätsel bleiben, aber die Sache mit den allerkleinsten

---

[6] aus: Jakob von Uexküll, Streifzüge durch die Umwelten von Tieren und Menschen. Bedeutungslehre, Rowohlt Verlag, Hamburg, 1956, S. 121

Energieteilchen oder -wellen war mir glasklar. Dass ich mich immer noch mit diesen für uns alle unsichtbaren und, was ich besonders bedauerte, leider auch völlig geruch- und lautlosen Sphären beschäftigte, habe ich *Verzweifelts* Papa zu verdanken.

Ich war immer noch bei ihrer ersten Frage, und da hatte *Vater Verzweifelt* – ich glaube, er war genauso ratlos wie seine Kleine – mit seinen Antworten auch das Fass der fernöstlichen Religionen aufgemacht, die in nichts den gewagtesten Theorien von Quarks, Strings & Co. nachstehen:

»Womit habe ich nur dieses furchtbare Schicksal verdient? Selbst wenn ich manchmal schlecht war, dann jedenfalls nicht bevor ich ein Jahr alt war und ich bin so geboren. Ich habe Papa gefragt, und er sagt, er weiß es nicht. Er meint, vielleicht habe ich **in der andern Welt etwas getan, ehe ich geboren wurde** …«

Ja, liebe *Verzweifelt*, ein Buddhist oder Hindu würde dir genau das sagen, mitten ins Gesicht, geradewegs hinein in das große Loch, wo eigentlich deine Nase sein sollte: Was dir jetzt passiert, ist nur die Folge deines früheren Lebens! Was du da getan und gedacht hast, hat dir genau dieses Schicksal beschert, ganz nach dem Gesetz von Ursache und Wirkung – »Karma«, wie sie es nennen. Du hast offensichtlich viel Gutes getan, dass du so nette und fürsorgliche Eltern bekommen hast, dass du nicht hungern musst, nicht in Lumpen herumzulaufen brauchst und auch keine Schmerzen hast. Aber offensichtlich ist da auch etwas vorgefallen, dass dich in diesem Leben nun die Nase gekostet hat.

Hm, die Lehre von den Wiedergeburten zog mich durchaus in ihren Bann. Wie oft hatte ich bei meinen Nachforschungen das Gefühl gehabt, dass ich meinen eigenen Gedanken begegnete! Russel, Montaigne, der Heilige Franziskus, Niels Bohr, all diese Menschen, die mir so aus dem Herzen sprachen: Das war wahrscheinlich ich.

Aber wie kam es, dass ich nun buchstäblich auf den Hund gekommen war und im Fellmantel, auf vier Pfoten und mit heraushängender Zunge am Schreibtisch saß?

War ich zwischendurch einmal ein übler Hundefänger gewesen, der mit mir nun erfahren sollte, was es heißt Hund zu sein und welche Seelengröße in uns Hunden steckt? War *Verzweifelt* etwa einmal ein Taliban gewesen, der einer jungen Frau die Nase wegen Ehebruch abschneiden ließ, nur weil sie von ihrem Mann, einem gewalttätigen Tattergreis, davongelaufen war? Und war dieser Taliban wiederum nur ein afghanischer Michael Kohlhaas, der das Gesetz über alles stellte und sollte dabei die Welt und die Menschlichkeit zugrunde gehen?

Es ist müßig, völlig unnütz und zwecklos, seine Vorleben ergründen zu wollen. Denn alles ist miteinander verbunden und alles Leben ist Leid, sagen Buddhisten wie Hindus und somit immerhin 1,5 Milliarden Menschen weltweit. Wir sind an das Rad der Wiedergeburten gekettet. Nicht weil es irgendwo einen galaktischen Folterknecht gibt, sondern weil wir selbst danach greifen und »anhaften«, wie der Terminus technicus lautet.

Wenn ich einmal die Millionen und Abermillionen an Göttern und Halbgöttern, an Geistern und Dämonen, an Erleuchteten und Heiligen, an Zwergen und Avataren, an göttlichen Gänsen, Ebern, Löwen, Bullen, Pfauen, Affen, Ratten oder Elefanten weglasse, die mit vielen Armen durch die Weltzeiten tanzen, so ist die Sachlage eigentlich ganz einfach:

Alles beruht auf einer großen Leere, die nicht mit einem hypothetischen Nichts zu verwechseln ist, und die die Buddhisten »Dharma« nennen: das Grundlicht, das Gesetz, die absolute Natur. Für Hindus ist das »Brahman«, die Weltenseele, für die christlichen Mystiker ist das der »Urgrund« oder eben »Gott«, für Muslime »Allah«, wenn ich das mal so vergleichen darf.

Als Ausstrahlung dieses Grundlichts flirren die unvorstellbaren Kleinstteilchen und -wellen mal hier, mal da, mal überall in schönster Unordnung und Freiheit. Es entsteht eine Dimension der Energie oder des Geistes, in der nichts geformt oder materiell ist, in der aber alles, was wir als Körper, als Gedanken und Gefühle erleben, potentiell und virtuell enthalten ist: Wasser, Meer, Berge, Bäume, Hund, Katze, Maus, Mensch, Auto, Relativitätstheorie, binomische Formeln, Eifersucht, Liebe, Hunger, *Verzweifelts* Verzweiflung und und und.

So beliebig auf diesem Level der »Entropie« alles abläuft – ich verwende einmal den chemischen Fachbegriff, da Unordnung irgendwie sehr negativ klingt –, so unausweichlich ist es, dass es bei dem ganzen Hin- und Herstrahlen, Springen, Sausen und Vibrieren auch zu Kollisionen und Verschmelzungen kommt, zu kleinen Ansammlungen und Mustern. Und damit beginnt der ganze Trouble: Das Kausalitätsprinzip wird aktiviert, es entstehen Kettenreaktionen, nichts geschieht mehr ohne Grund und alles hat Konsequenzen.

Protonen, Neutronen und Elektronen formen Atome, Atome bilden Elemente, Elemente setzen einen Menschen zusammen.

Nur 21, ich wiederhole e i n u n d z w a n z i g, werden hierfür benötigt! Ich schätze mal, dass das so auch für unsereinen zutrifft: 56 Prozent meines Gewichts sind Sauerstoff, 28 Prozent Kohlenstoff, 9 Prozent Wasserstoff, dazu noch ein bisschen Stickstoff, Calcium, Chlor, Phosphor, Kalium, Schwefel, Natrium, Magnesium und ein paar Spurenelemente.[7] *That's it!*

---

[7] Der Mensch: chemische Zusammensetzung, übernommen vom Department of Chemistry der FU Berlin, s. http://kirste.userpage.fu-berlin.de/medi/suppl/mensch.html

Dass ich damit laufen, riechen, hören, knurren, denken, essen, träumen und lieben kann, ist letztlich »kein Hexenwerk«, wie der Schornsteinfeger von Herrn und Frau Chen sagen würde. Sein Lieblingsspruch, mit dem er ruck zuck seine Arbeit zu verrichten pflegt, scheint mir bei aller Antipathie gegen diesen Eindringling in unseren häuslichen Frieden, der uns zweimal im Jahr aufs Dach steigt und immer eine Kiste mit Dreck hinterlässt, voll zuzutreffen:

Die 21 Elemente fügen sich zu Säuren und Fetten, zu Vitaminen und Hormonen, zu Eiweißen und Botenstoffen, zu Zellen und Gewebe, zu Knochen und Muskeln in fortwährender Interaktion mit sich und der Umwelt. Ein geschlossenes System gibt es nicht: Nicht nur die Luft und die Nahrung kommen herein und gehen wieder heraus – ich bitte, meine extrem verkürzte Darstellung des Stoffwechsels zu entschuldigen, aber irgendwo musste ich einen Schlusspunkt bei meinen Nachforschungen setzen, sonst wäre ich noch bei einem Medizinstudium gelandet –, auch die Gedanken und Taten bleiben nicht für sich und sind gleichermaßen Reaktionen wie Auslöser. Und damit sind wir wieder beim Karma angelangt.

Wenn es dich tröstet, liebe *Verzweifelt*, warst es auch gar nicht du, die in der andern Welt Schlimmes getan hat, denn ein ICH in dem Sinn gibt es für Buddhisten und Hindus nicht, alles nur Illusion. Logisch, denn bei den Energieteilchen, die unseren Körper und unser Bewusstsein bilden, herrscht zum einen ein ständiges Kommen und Gehen – wie ich gelesen habe, besitze ich z. B. keine einzige Zelle mehr, wie ich sie als reizender Welpe und Junghund hatte; alles schon ausgetauscht und erneuert –, zum anderen bin ich de facto überall und nirgendwo.

Buddhisten sehen sich genauso im Mond wie im Staubkorn oder in der Stubenfliege, und folgt man Quantenphysikern und der Unschärferelation, könnte man Quanten von mir auch im Andromedanebel lokalisieren.

An der Stelle muss ich mich nun aber entschieden korrigieren: Der Trouble für uns beginnt nicht mit dem Gesetz von Ursache und Wirkung, also von Karma, sondern mit unserer Unwissenheit. Wir haben unsere Unendlichkeit vergessen, das Grundlicht, die Buddha-Natur in jedem von uns – die »Gotteskindschaft« würden Christen wohl sagen –, und kleben stattdessen an unseren kleinen Welten fest wie im Märchen vom »Schwan, kleb an«. Dass dies nur Leid bedeuten soll, wie Buddha meinte, ist vielleicht etwas übertrieben, aber es stimmt schon, dass uns fast dauernd irgendetwas fehlt oder aufregt. Aber was heißt das nun für dich, liebe *Verzweifelt*?

Deine Frage, ob du etwas Schlimmes in einer anderen Welt getan hast, kann ich jedenfalls nach vielen Nächten buddhistischer Lektüre mit einem klaren Jein beantworten. Ja, weil dein Unglück die Folge von deinen früheren Existenzen ist, und Nein, weil es dich als Individuum so gar nicht gibt.

Was aber weitaus wichtiger ist: Das Loch im Gesicht ist nicht dein Schicksal, sondern deine Aufgabe! Du bist, wie die buddhistischen Meister immer wieder betonen, deinem Karma nicht ausgeliefert, sondern kannst es verändern. Alles, wirklich alles und sei es auch noch so schrecklich und hoffnungslos, kannst du nutzen, um dich zu entwickeln. Du hast die Wahl, wie du damit umgehst.

Ich beschloss, mich meinem Karma zu stellen, und lächelte im ersten Schritt einer Zecke, die gerade übersatt von mir herabgefallen war, milde zu.

11. KAPITEL

SELBSTMORD

Du willst dir das Licht ausknipsen. Das ist das Einzige, was dir gerade einfällt. Du willst Schluss machen mit deinem Unglück. Du sehnst dich nach Gemeinschaft, nach einem Freund, der dich in den Arm nimmt und mit dir tanzt, aber alle packt nur das Entsetzen, wenn sie dich sehen, und ergreifen die Flucht. Dann lieber selbst die Flucht ergreifen und für immer weg sein.

Liebe Verzweifelt, bitte, bitte, bitte, tu das nicht! Mir lief ein Schauer über den Rücken, als ich las, dass der Selbstmord auch »Tod aus Verzweiflung« genannt wird, genau der Name, den du dir gegeben hast!

Diesen »Death of Despair« hatten zwei Ökonomen aus der privaten Unglückszone herausgeholt und ins gesellschaftliche Rampenlicht gerückt.[8] Wir müssen handeln, und damit sind nicht die Selbstmörder gemeint, sondern wir alle.

Jede 40. Sekunde stirbt ein Mensch weltweit den »Tod aus Verzweiflung«, 75 Prozent davon sind Männer, und die mit Abstand am häufigsten gewählten Methoden sind das Erhängen, sich Strangulieren und Ersticken.

---

[8] siehe: Anne Case und Angus Deaton, Deaths of Despair and the Future of Capitalism, Princeton University Press, 2020

Wie grausig! Ich begann zu schlucken und erinnerte mich an die ersten Tage, als Frau Chen mir das Halsband anlegte und welche Panik ich bekam, als sie daran zerrte und mir die Kehle zuschnürte. Die Vorstellung, dass du mit einem Seil um den Hals wo baumelst oder mit einer Plastiktüte um den Kopf in letzten Zuckungen nach Luft ringst, bringt mich schier um.

Und das ist genau der Punkt, den ich als ersten von vielen gegen den Selbstmord in die Waagschale werfe: **MAN STIRBT NIE ALLEIN!** Egal wie man dich findet – ob mit herausgequollenen Augen nach dem Erhängen, ob mit zerschmettertem Schädel nach dem Sprung von der Brücke, ob in der Blutlache nach dem Aufschneiden der Pulsadern oder auch ewig schlafend nach der Überdosis an Schlaftabletten –, du hast dies nicht nur dir, sondern auch deinen Angehörigen angetan. Deine Eltern werden sich krümmen vor Schmerz, sie werden schreien und weinen oder wie betäubt nur noch vor sich hinstarren. Du legst einen schweren Schatten auf sie, den sie ihr ganzes Leben nicht mehr loswerden. Es bleibt das Gefühl, versagt zu haben. Immer wenn sie an dich denken – und sie werden immer an dich denken, denn du bist ein Teil von ihnen –, ist da dieser bittere Geschmack, dir nicht genug fürs Leben gegeben zu haben.

Und um das auch einmal für alle anderen Verzweifelten zu sagen, die keine Eltern haben, keine Frau oder

Mann oder Kinder: Nur so für sich zu sterben, das gibt es nicht! Kein Mensch ist so alleine, dass er nur für sich entscheiden könnte. Selbst ohne Freunde und Angehörige, ohne Kollegen und Nachbarn, ohne Postboten und Arzt – gibt es so eine Beziehungslosigkeit überhaupt? –, bleibt da immer noch die Gesellschaft, die sich fragt bzw. fragen muss, was sie falsch macht, wenn jeder hundertste Tote im weltweiten Durchschnitt sich selbst das Leben genommen hatte.

UND DU BEGEHST SOGAR EINEN DOPPELMORD, DREIFACH, VIERFACH, VIELFACH MORD, wenn du dich tötest! Das ist mein zweites Argument. Du löschst nämlich nicht nur dein Leben jetzt mit 16 Jahren aus, sondern auch deine Zukunft, von der du gar nicht wissen kannst, was sie dir alles noch bringen wird. Und on top nimmst du allen anderen – deinen Eltern, Schulkameraden, Arbeitskolleginnen, allen Bekannten und Unbekannten, die du noch treffen wirst –, die Chance, durch dich etwas zu erfahren, zu lernen und sich zu entwickeln. Mein Freund Montaigne sagte das auch klipp und klar:

»Platon verweigerte dem ein ehrliches Begräbnis, der seinem Nächsten, seinem besten Freund, nämlich sich selbst, das Leben und das weitere Schicksal entzogen hat … Lächerlich ist die Ansicht, unser Leben sei wertlos, denn es ist doch unser Wesen, unser Alles. (…) Nichts ist so schlimm, daß es sich lohnt, den Tod zu suchen, um es zu vermeiden; und: es ändert sich doch in jedem Menschenleben so vieles in so unerwarteter Weise; deshalb ist es eigentlich nie möglich, genau zu sagen, wann wir wirklich am Ende unserer Hoffnungen sind. (...) Alles kann ein Mensch noch hoffen, sagt ein altes Wort, solange er lebt.«[9]

Wenn du und viele Verzweifelte jetzt sagen: »Das ist mir egal, dann bin ich ja weg und das alles kümmert mich nicht mehr«, komme ich mit meinem dritten Punkt: **UM WEG ZU SEIN, MUSST DU ERST EINMAL STERBEN, UND DAS IST SO NICHT SCHÖN.** Selbstmord klingt so einfach, aber es ist ein gewaltsamer Tod, kein langsames Verwelken wie beim Altern und dem natürlichen Tod. Dein Körper wird sich dagegen aufbäumen, und selbst wenn du meinst, es ganz kurz zu machen, indem du dich vor einen Zug wirfst, kommt es zu diesem Kampf, bei dem Sekunden zur unendlichen Qual werden. Denn wann ist denn das Sterben vorbei? Es ist wie mit dem Haufenproblem: Ab wann wird aus einer Ansammlung von Reiskörnern ein Haufen? Ab wann ist ein Mensch tot? Das trifft nicht nur für das noch zuckende Bein am Gleisrand zu und den weggerollten Kopf an der Böschung, auch beim

---

9 aus: Michel de Montaigne, Eine Sitte auf der Insel Keos, in: Die Essais, hg. und aus dem Französischen von Arthur Franz, Dieterich'sche Verlagsbuchhandlung, Leipzig, 1953, S. 183 (Original: Essais, 1572/1588

vermeintlich sanften Selbstmord mit dem Abschieds-cocktail aus Tabletten geht das Vergiften und Herunter-fahren der Organe bestimmt nicht schnell und ohne Widerstand. Und wie und ab wann wird aus dem Koma dann der Tod?

»Egal«, wirst du vielleicht wieder sagen, »es muss sowieso jeder sterben und bei unheilbaren Krankheiten wäre der Tod ja auch eine Erlösung.« Und du zeigst vielleicht auf Steve Jobs, der jahrelang gegen den Krebs gekämpft hatte, bis auf die Knochen abgemagert war und entkräftet feststellte:

»Der Tod ist wohl die beste Erfindung des Lebens.«[10]

Ja, kann ich dazu nur sagen, aber nicht der Freitod, wie der Selbstmord auch noch und sehr elegant heißt und mit dem du dich selbst von deinem abschrecken-den Anblick und all deinen unerfüllten Sehnsüchten er-lösen möchtest.

Und damit komme ich zu meinem vierten Punkt: **DER FREITOD IST NICHT FREI, DENN ES GIBT KEIN ZURÜCK.** Du kannst nicht sagen: »Ich bin so frei und wähle den Tod«, denn mit noch größerer Verzweif-lung als jetzt wirst du feststellen, dass es dann aus ist mit der Freiheit. Wenn du es dir nämlich währenddes-sen anders überlegst, gibt es kein »Stopp, kehr um!«

---

[10] zitiert nach: Harald-Alexander Korp, Am Ende ist nicht Schluss mit Lustig. Humor angesichts von Sterben und Tod, Gütersloher Verlagshaus, Gütersloh, 2014 (2. Aufl.), S. 241

mehr. Im Leben kannst du so vieles entscheiden, dir offenhalten und ausprobieren, noch einmal versuchen, umdrehen, ändern und eine neue Richtung einschlagen, das Sterben aber ist ein umumkehrbarer Prozess, die extremste Einbahnstraße, bei der du weder wenden noch irgendwohin abbiegen kannst.

»Gut«, wirst du jetzt einräumen, »ich mag es vielleicht bereuen, aber danach bin ich ja weg und sehe und höre und weiß nichts mehr davon. Ich bleibe dabei: Dann gibt es mich nicht mehr. Und es betrifft mich folglich auch nicht mehr, ob ich andere traurig mache. Und sterben muss eh jeder, da muss man durch, ob schön oder nicht schön. Und außerdem: Ich habe nie darum gebeten, dass ich auf die Welt komme und leben möchte. Folglich ist es mein gutes Recht zu sagen: *Nein, retour, Annahme verweigert!* und Schluss zu machen.«

Und so komme ich zu meinem fünften und wahrscheinlich wichtigsten Punkt: **DER TOD IST NICHT DAS AUS.** Zu denken, dass mit dem Tod alles vorbei ist, halte ich für den größten Trugschluss, dem ein Selbsttöter aufsitzen kann. Du kannst dich nicht in ein Nichts auflösen und deine Lebensflamme auslöschen. Wissenschaftlich unhaltbar! Erste Grundregel in der Chemie: Es kann sich zwar alles ändern und verwandeln, aber nicht einfach verschwinden und weg sein. Wie beim Wasser änderst du mit deinem Tod nur deinen Aggregatzustand: Bleibt Wasser – egal, ob fest als Eis, flüssig als das herrliche Nass zum Schlabbern oder gasförmig als Wasserdampf – immer Wasser, so bleibst auch du – egal, ob in flüssig durchbluteter und zu 70 Prozent aus eben jenem Wasser bestehender Menschengestalt oder in Energieteilchen quasi gasförmig aufgelöstem Nebel oder in fester Form als Asche oder versteinerte Knochen – immer du. Wie das dann sein wird und inwieweit du dich darin wiederkennen wirst, weiß niemand. Aber das absolute Aus ist jedenfalls auszuschließen.

Ich ächzte und hechelte, als ich mit dem ägyptischen Kaufmann Salim Alwan Tod und Grab herannahen fühlte:

»Zug um Zug wich das Leben aus dem Körper, und die Seele nahm Abschied vom Leib. War das etwa leicht und mühelos? Der Mensch, so hieß es, wird fast wahnsinnig vor Schmerz, wenn man ihm die Fingernägel herausreißt ... Wie soll es ihm da erst ergehen, wenn er den Geist aufgibt? Diese Schmerzenslaute kennt nur der Sterbende, alle anderen können nur die äußeren Anzeichen dieses letzten Schreckens erfassen. Was sich da wirklich abspielt, bleibt das Geheimnis des Toten, er nimmt es für immer mit ins Grab. Zugeschüttet werden damit alle Erinnerungen an die schlimmsten Schmerzen, die diese Welt kennt ... Könnte ein Toter nur einmal über diese Folterqualen sprechen, so würde sich kein einziger Mensch auch nur einer heiteren Stunde im Leben erfreuen. Aus Angst würden die Menschen sterben, lange bevor ihre letzte Stunde schlug. (...)

Aber es war noch viel schlimmer. Nicht nur das Sterben flößte ihm Entsetzen ein, sondern auch der ewige Todesschlaf. Immer wieder musste er daran denken und malte sich aus, wie einige Empfindungen auch nach dem Tod weiterexistierten. Die Leute sagten doch immer, daß die Augen eines Toten durchaus wahrnehmen, wer von der Familie trauernd auf ihn herabschaut. Dann würde er also alles ganz klar sehen und merken, wie das unabänderliche Ende ihn allmählich hinwegtrug. Er würde die Finsternis, Einsamkeit und Fremdheit der Gruft, die Gerippe, Knochen und Leichentücher spüren. Ja mehr noch, er würde fühlen, wie eng es dort ist, und würde sich nach der Welt und den Seinen sehnen. Wenn er sich all das vorstellte, preßte es ihm die Brust zusammen, das Herz verkrampfte sich, die Glieder wurden eiskalt, und der Schweiß trat ihm auf die Stirn.«[11]

Herr Alwan war da vielleicht extrem und besonders ängstlich, denn andere stellten sich den Todesschlaf

---

[11] aus: Nagib Machfus, Die Midaq-Gasse, aus dem Arabischen von Doris Erpenbeck, Unionsverlag, Zürich, 1988 (2. Aufl.), S. 294/295, © 1985 Unionsverlag, Zürich, (Original: Zuqaq al-Midaqq, Kairo 1947)

durchaus ruhig vor: ohne Albträume, ohne Gefühle, ohne Gedanken und ohne irgendeine Form von Bewusstsein. Und wieder andere malten sich eine gewisse Wonne aus, wenn sie sich über den Kreislauf der Erde aus Asche, Kompost und Dünger als Teil von Blättern, Blumen oder Acker sahen. Und nochmals andere erahnten ein Licht, einen großen Frieden und Glückseligkeit. Und für noch andere begann dann erst das eigentliche Leben, während sich wiederum andere ..., aber genug. In dem Punkt hatte Herr Alwan recht, es ist und bleibt das Geheimnis der Toten, was sich hier wirklich abspielt.

So ungewiss es also ist, was nach dem Tod kommt, so sicher ist es, dass eine Transformation stattfindet. Darauf sollte man vorbereitet sein, damit es einem nicht erginge wie dem unglücklichen Iwan Iljitsch, mit dem ich mitschrie und so wild zappelte, dass Frau Chen mich schon zur Tierärztin bringen wollte:

»Von dieser Minute an begann jenes drei Tage anhaltende unaufhörliche Schreien, das so entsetzlich war, daß man es aus dem dritten Zimmer nicht ohne Schaudern hören konnte. (...)

›Ih! Ih! Ih!‹, schrie er in verschiedenen Tonarten. Er hatte mit den Worten ›Ich will nicht‹ zu schreien angefangen und dann mit dem Laut ›ih‹ das Schreien fortgesetzt.

Diese drei Tage, während welcher es für ihn keine Zeitdauer mehr gab, kämpfte er in jenem schwarzen Sack, durch den ihn eine unsichtbare, unüberwindliche Kraft hineinzwängen wollte. Er wehrte sich, wie ein sich zum Tode Verurteilter in den Händen des Henkers wehrt, wohl wissend, daß er sich nicht retten kann.

Von Minute zu Minute fühlte er, daß er sich immer mehr und mehr demjenigen näherte, wovor er sich so entsetzte. Er fühlte, daß seine Qual darin bestand, daß er in dieses finstere Loch gestoßen wurde, und noch mehr darin, daß er sich durch dasselbe nicht hindurch-zwängen konnte. An Letzterem aber hinderte ihn eben sein Bekenntnis, daß sein Leben gut gewesen sei. Diese Rechtfertigung seiner Lebensweise war es eben, die sich an ihn klammerte, ihn nicht vorwärtskommen ließ und mehr als alles andere quälte.«[12]

Hilfe! Das war ja wie bei einer Geburt! Raus aus der wohligen Fruchtblase, hinein in den dunklen Geburts-kanal, in diesen engen Schlauch, der presst und drückt, dass sich die Schädelplatten verschieben und der ganze Körper gequetscht wird. Und dann diese ganz andere Welt am Ende des Tunnels, in der es auf einmal so kalt und trocken und hell ist und man selbst Luft holen

---

[12] aus: Leo Tolstoi, Der Tod des Iwan Iljitsch; in: Leo Tolstoi, Gesammelte Werke. Die Erzählungen, Anaconda Verlag, Köln, 2016, S. 481 (Original: St. Petersburg 1892)

muss und die Nabelschnur zur großen Versorgungs-basis gekappt wird. »Bäh, bäh, bäh«, wie die Kleinen gleich nach der Geburt losbrüllen, war vielleicht genau das »Ih! Ih! Ih! Ich will nicht!« des Iwan Iljitsch, und ich bekam einen Schluckauf und zitterte. Was da noch auf uns zukommt bei dem »Geburtstag für den Himmel«, wie die frühen Christen den Todestag nannten, nicht auszumalen!

Wie dem auch sei, am Ende ist nicht Schluss, und ich kam auf sechs Möglichkeiten für das große, unbekannte Danach:

1) Es wird leer, in dem Sinn, dass du nichts mehr fühlst und denkst.

2) Es wird besser.

3) Es wird schlimmer.

4) Es bleibt gleich.

5) Es wird ganz, ganz anders.

6) Es wird von allem etwas, mal so, mal so in allen denkbaren Kombinationen wie 1 und 2 (mal leer und mal besser), 1 und 3 (mal leer und dann mal schlim-mer), 1 und 4 und 5 (leer und dann wieder gleich und dann wieder ganz anders) usw. usw.

Wenn du gut in Mathe bist, liebe Verzweifelt, kannst du das bitte für mich ausrechnen. Ich bin kläglich an dieser Aufgabe gescheitert, aber nach irgendwelchen Formeln, die die Kombi-

natorik parat hält, müssten es hunderte von Möglichkeiten sein.

Mit welcher Wahrscheinlichkeit welches Szenario eintritt, entzieht sich ebenfalls meiner Kenntnis. Das hängt vielleicht auch von dem jeweiligen Todeskandidaten ab und von ungeahnten weiteren Faktoren. Man kann da nur spekulieren und fabulieren, aber nochmals: Du kannst dich mit einem Selbstmord nicht in ein Nichts wegbeamen. Du bleibst, in welchem Modus auch immer, da.

»Okay«, wirst du jetzt sagen, »dann poker ich eben und vielleicht habe ich das Glück, die Nummer 1) oder 2) zu ziehen. Dass es schlimmer wird, kann ich mir nicht vorstellen, so dass ich Nummer 3) von vornherein ausschließe. Nummer 5), das ganz Andere, fände ich auch in Ordnung und mit Nummer 4) hätte ich halt Pech gehabt. Nummer 6) ist mir gerade zu kompliziert; ich habe wirklich andere Probleme, als jetzt auch noch zu rechnen.«

»Nein, nein und hundert Mal nein!« bellte ich *Verzweifelt* entgegen. Die sechs Möglichkeiten gelten nur für den Tod allgemein, beim Selbstmord verdichtet es sich dramatisch auf Option 3), dass es nur noch und viel schlimmer wird. Woher ich das wissen will? D J, kann ich da nur sagen: Dalai Lama und Jesus!

Im »Gleichnis vom unnützen Knecht« (Matthäus 25, 14-30) ist der Selbstmörder ein Mann, der sich aus Versagensängsten lebend vergraben hat und in der Finsternis bei Heulen und Zähneknirschen endet.

Und der Dalai Lama warnt eindringlich, dass wir unserem Karma nicht entfliehen können. Unser Unglück wird sich so lange wiederholen, Leben auf Leben, bis wir es gelöst haben. Mit einem Selbstmord fügen wir nur noch weiteres Leid hinzu, so dass die Aufgabe immer schwerer wird.

»Yes«, begann ich zu trällern, und Frau und Herr Chen sahen sich verdutzt an, »last night DJ saved your life. You got to get up, girl!«

Meine fünf gewichtigen Gründe, die ich gegen den
Selbstmord in die Waagschale werfe:
1) Man stirbt nie alleine!
2) Man tötet doppelt und vielfach.
3) So zu sterben ist nicht schön.
4) Es gibt kein Zurück.
5) Der Tod ist nicht das Aus.

12. KAPITEL

DIE NASE

Und dann begegnete ich diesem anderen Mädchen, wie sie als Anhalterin in ein Auto stieg und ich mit ihr und von der ersten Seite an mitten in ihr Herz:

»›Katrina.‹

›Karzyna? Ist das polnisch?‹

›Nein, Katrina‹, sagte ich so deutlich wie möglich. Ich erwartete irgendeinen Spruch wegen meiner verschliffenen Aussprache. Oder wegen des Tuchs vor meinem Mund. Ich wappnete mich bereits innerlich. Aber nichts. Ich hatte offenbar Glück.

›Was machst du denn so alleine hier draußen in der Kälte? Wissen deine Eltern, wo du bist? – Wie alt bist du? Fünfzehn? Sechzehn? – Ist das eine Pfadfinderkluft, die du da anhast?‹

Ich hätte sauer sein können. Schließlich mischte sie sich ein. Aber sie fragte anders als andere. Nicht, als wollte sie mich aushorchen und festnageln, sondern als würde sie sich wirklich Sorgen machen.

›Ich. Bin. Achtzehn‹, sagte ich langsam, stolperte aber trotzdem über einzelne Buchstaben. ›Tischlerin. Auf. Der. Walz.‹

›Oh. Entschuldigen Sie.‹ Sie sah mich genauer an. Sagte aber immer noch nichts wegen des Tuchs. Oder meiner Aussprache. Ich bewunderte die beiläufige Eleganz, mit der sie vom Du zum Sie gewechselt war. ›Haben Sie im Motel übernachtet?‹

Hatte ich. Und unten im Frühstücksraum hatte ich acht Fernfahrer angesprochen, ob sie mich mitnehmen würden. Alle hatten abgelehnt. (…) Einige hatten nicht mal geantwortet, sondern sich schnell abgewandt. So wie man sich von einem Penner abwendet. Taub und blind.

Nach der achten Ablehnung hatte ich mir einen Kaffee aus der Thermoskanne gedrückt. (…)

Ich war mit dem Kaffee zu einem Tisch gegangen, der am weitesten in der Ecke und am weitesten von allen anderen entfernt stand. (…)

Ich hatte mich davon überzeugt, dass ich mit dem Rücken zu den Fernfahrern saß, dann hatte ich kurz das Tuch gelüpft, um trinken zu können.

Die Luft hatte mein Gesicht getroffen wie eine intime Berührung. Als wäre die Haut dünn geworden vom ewigen Verdecktsein, dünn und empfindsam.«[13]

Das Mädchen hatte kein Gesicht. Nur noch eine Ruine. Eine Brandruine, die jeden entsetzte.

---

[13] aus: Antje Wagner, Hyde, © 2018 Beltz & Gelberg in der Verlagsgruppe Beltz , Weinheim Basel, S. 11-13

Und dann traf ich ihn, Kollegienassessor Kowaljow:

»Mein Gott! Mein Gott! Womit habe ich dieses Unglück verdient? Wenn mir ein Arm oder ein Bein fehlte, so wäre es immer noch besser; aber ohne die Nase ist der Mensch weiß der Teufel was: Kein Vogel und kein Bürger, man möchte ihn einfach packen und zum Fenster hinauswerfen! Hätte man sie mir doch im Kriege abgeschnitten oder im Duell, oder hätte ich es selbst verschuldet; sie ist aber um nichts und wieder nichts verschwunden, ganz dumm!«[14]

Von einem Tag auf den anderen war dieser Herr aus St. Petersburg ohne Nase aufgewacht. Was einfach nur skurril klingt und sich im weiteren Verlauf der Geschichte ins Absurde steigern sollte, beruht auf traurigen Tatsachen. Der Mann, der diese Geschichte geschrieben hatte, wusste, wovon er sprach: Nikolai Gogol hatte eine überlange, spitze Nase, die er mit der Unterlippe berühren konnte.

Wegen einer Hautkrankheit war er bei seinem ersten Schultag, dem ersten richtigen Kontakt mit der Außenwelt, in alle möglichen Binden und Decken gewickelt worden, und darunter verbarg sich ein kleiner, krumm gewachsener Junge, der mit seiner Hängenase zugleich

[14] aus: Nikolai Gogol, Die Nase, in: Die besten Geschichten. Petersburger Erzählungen, Anaconda Verlag, Köln, 2020, S. 81 (Original: 1836)

abstoßend, lächerlich und rätselhaft wirkte. Er ging in die Offensive, stellte die Dinge auf den Kopf, übertrieb und überspitzte, steigerte sich und die Welt ins Komische und schaffte es so, sich Respekt zu verschaffen. Seine Mutter hielt er am Leben, indem er ihren Selbstmordgedanken eigene Suiziddrohungen entgegensetzte.

Ich hörte es auch: das Hänseln, das Schreien, das grobe Lachen, sah das Wegschauen und aus dem Weg Gehen. Ich roch die Angst, das Entsetzen und den Ekel dahinter, der den Leidgeplagten entgegenschlug. Und ich fühlte die tiefe Traurigkeit: die verzweifelten Versuche, dazuzugehören – zum Leben und zum Glück –, die immer schwächer wurden bis hin zur Erstarrung oder sich steigerten zum Amoklauf und Selbsthass.

Liebe Verzweifelt, Katarina und Nikolai ging es wie dir, dem einen von Geburt an, der anderen durch ein Unglück, als sie etwa so alt war wie du:

»Die Landkarte meines Lebens war jetzt fünfzehn Jahre alt und eine Flamme hatte sie zerfressen. Sie war verkohlt bis zu den Rändern. In der Mitte klaffte ein großes Loch.«[15]

Je mehr ich las und um mich schaute, je mehr ich bei den Gesprächen zuhörte und im Fernsehen mitver-

---

[15] aus: Antje Wagner, Hyde, © 2018 Beltz & Gelberg in der Verlagsgruppe Beltz , Weinheim Basel, S. 303

folgte, desto deutlicher wurde mir: Jeder, wirklich jeder von uns hat ein Loch! Die Größe mag variieren vom kleinen wunden Punkt zur unsichtbaren Verletzung, von der inneren Leere zum ganz offensichtlichen Ausgebranntsein: *Bore-out, Burn-out, Sense-out,* wie ein Freund von Frau Chen das nannte. Glaube mir, wirklich jeder hat dieses Loch, nicht nur die sichtbar Gezeichneten, auch all die Schönen und Starken und Reichen und Liebenden, die nur auf der Sonnenseite des Lebens zu stehen scheinen. Was vertraute ein Mann wie Goethe seinem Freund an?

»Dienstag, den 27. Januar 1824 ...
Man hat mich immer als einen vom Glück besonders Begünstigten gepriesen; auch will ich mich nicht beklagen und den Gang meines Lebens nicht schelten. Allein im Grunde ist es nichts als Mühe und Arbeit gewesen, und ich kann wohl sagen, dass ich in meinen fünf und siebzig Jahren keine vier Wochen eigentliches Behagen gehabt. Es war das ewige Wälzen des Steines, der immer von neuem gehoben sein wollte. Meine Annalen werden es deutlich machen, was hiermit gesagt ist. Der Ansprüche an meine Tätigkeit, sowohl von Außen als von Innen, waren zu viele.«[16]

---

[16] aus: Johann Peter Eckermann, Gespräche mit Goethe in den letzten Jahren seines Lebens, hg. v. Ideenbrücke Verlag, 2016 (E-Book)

Der Stein war ihm genauso im Weg zum Glücklichsein wie dir dein Loch im Gesicht. Bei mir war es übrigens der Zahn:-(

Der hervorstehende Eckzahn und mein Unterbiss machten mich »zuchtunwürdig«. Nicht eine einzige Hundedame hätte das gestört, aber ich durfte nicht. Mich hatte das so in Rage versetzt, dass ich fortan Frau Chen zu meinem Weib Chen auserkor mit der schrecklichen Konsequenz, dass ich vom Rüden zum Eunuchen zurechtgestutzt wurde. Du bist die Erste, der ich das anvertraue. Denn das haben die Löcher und wunden Punkte so an sich: Man spricht nicht gerne darüber und lässt seine Artgenossen viel lieber in dem Glauben, es gäbe sie nicht.

»Kein Aber!«, rief ich, denn ich hörte dich schon einwenden: »Aber bei anderen ist es nicht so schlimm.«

Ich hatte mir inzwischen angewöhnt, Selbstgespräche und Unterhaltungen mit *Verzweifelt* zu führen, anscheinend so lebhaft, dass Frau Chen ihren Enkelinnen erklärte:

»Hört ihr? Mit diesem Winseln und auch, wenn er ganz laut und frech bellt, will Percy nur, dass wir ihm etwas zum Naschen geben. Na, gut, aber erst muss er ein paar Kunststückchen machen, dann bekommt er ein Leckerli.«

Auf diese Weise machte ich »Sitz!« und »Platz!« und »Hüpf!« und »Tanz!« und staubte ziemlich viel ab. Im

Vergleich zu Beginn meiner Studien brachte ich zwei Pfund mehr auf die Waage, was bei meiner Größe durchaus zu bemerken war. Kurz: Ich wurde ziemlich dick wegen dir.

Ich sage das so leicht dahin, aber dick zu sein war für viele ein genauso krasser, täglicher Spießrutenlauf wie das zu große Nasenloch für *Verzweifelt*. Zu dick, zu dünn, zu schnell, zu langsam, zu große Ohren, zu kleiner Penis, zu wuscheliges Haar, zu glänzende Glatze, zu gelbe Zähne, zu schwarze Haut, zu aufgedreht, zu traurig, zu faul, zu fleißig, zu schlau, zu dumm, nie scheint etwas wirklich zu passen, und ein Tornado, der auch nachts nicht zum Stillstand kommt, fegt tagein tagaus über den Schulhof, durch die Fabrikhallen und Büros, durch die Geschäfte und Clubs, durch die Wohnzimmer und immer auch hinein ins Bett. Er entsteht mit nur wenigen Worten – »Du siehst aber komisch aus!«, »Hey, Dickerchen!«, »Schlappschwanz«, »Eierkopf«, »Nerd«, »Freak«, »Depri«, »Spast«, »Asi«, »Stotti«, »Loser«, »Opfer« –, aber seine Wirkung ist verheerend und zwar für alle.

Und jetzt spitz mal die Ohren, meine kleine *Verzweifelt*, was ich dir zu sagen habe: Es ist völlig normal, nicht normal zu sein. Das sage ich im vollen, behaarten Brustton der Überzeugung. Es ist völlig normal für alle von uns, unterschiedlich zu sein und keiner festen Norm zu entsprechen. Denn die Natur ist kein Serienproduzent, der nach ISO-Normen arbeitet und bei dem »Zero Tolerance« gilt. Jedes neue Produkt bekommt seine Chance, es wird fortlaufend experimentiert und ausprobiert. Wir sind, wenn dir der Vergleich gefällt, alle in einem riesigen Labor, und neue Kombinationen und Mutationen stehen bei uns auf der Tagesordnung. Da kann dann schon mal eine Nase weg sein oder alle Beine und Arme, wie ich das bei dem Jungen gesehen habe, der jetzt trotzdem froh durchs Leben hüpft.[17]

Lektion 1: Du bist ganz normal, nur nicht gewöhnlich. Zu dem Monster, vor dem alle weglaufen – von wegen mit ihm ausgehen und tanzen wollen! –, wirst du erst gemacht, liebe *Verzweifelt*, und mit dir so viele andere, bei denen auf den ersten Blick überhaupt nichts auffällt.

Was passiert? Kaum frisch geschlüpft oder aus Mamis Bauch gekrabbselt, wie Frau Chens Enkelin so lustig sagt, steht da eine Gussform bereit, in die wir bitte schön hineinpassen und darin wie ein glänzender Hefeteig aufgehen sollen. Und dieser Gussform wird das Etikett »normal« verpasst und sie ist genau nach den Abmessungen einer Gemeinschaft gefertigt: Regeln, Werte, Standards, Verhaltensvorschriften, Schönheits-

---

17 Gemeint ist Nick Vujicic, der sich heute stark macht gegen Mobbing und Ausgrenzung. Mit seinen Vorträgen, Videos und Büchern geht er – gerade weil er keine Beine hat – rund um die Welt und richtet mit seinem Humor, Glauben und konkreten Tipps so viele Verzweifelte wieder auf. Prädikat: unbedingt sehens- und lesenswert!

ideale und tausend Vorstellungen, wie ein Mensch denn zu sein habe. Da wird zurechtgestutzt und gedeckelt, hineingeblasen und -gestochen, aufgepfropft und angestückelt, damit ja der richtige Hefekuchen am Schluss herauskommt, und freie Formen sind vielleicht einmal im Kunstunterricht erlaubt. Und wenn wir dabei nicht glücklich sind, heißt es noch ganz unverschämt: Jeder ist seines Glückes Schmied, alles liegt in deiner Hand! Oder noch unverschämter: GOTT hat die Gussform, die wir verwenden, so geschaffen mit allen Vorgaben, was »halal« und »kosher« ist, was erlaubt, zulässig und rein ist und wie wir nach seinem Ebenbild aussehen sollen.

Und hier bekam ich wieder so einen Wutanfall, dass ich alle Kissen von Herrn und Frau Chens Sofa herunter fetzte, hineinbiss und um mich schlug und total erschöpft neben meinem Wasserschälchen liegen blieb. Dass ich danach nicht wieder zum Tierarzt geschleppt wurde, verdanke ich nur dem glücklichen Umstand eines Überraschungsbesuchs, der sich mit stürmischem Klingeln an der Haustür bemerkbar machte. Eines hatte ich nämlich tausendprozentig kapiert: Du sollst dir von GOTT, vom Sein, vom Leben kein Bild machen, von wegen eine Gussform!! !! !! !! !!

Was viele nicht wissen: Wir Hunde lieben Käse. Und wie ich mich so intensiv mit Löchern beschäftigte, bekam ich bei jedem Loch mehr und mehr Appetit auf Emmentaler. Das Wasser lief mir im Schlabbermäulchen zusammen, doch wie groß war meine Enttäuschung, als ich nur ein winziges Stückchen erbetteln konnte. Frau Chen hatte mich auf Diät gesetzt. Die Sache mit den Gussformen galt leider auch für mich, siehe Zahn und nun auch noch Bauch:-(

13. KAPITEL

WAS TUN?

So, und jetzt aber Butter bei die Fische und ran an die Buletten! Ich bekam schon wieder Hunger und freute mich darüber. Man darf sich wirklich nicht den Appetit auf all die Köstlichkeiten, die das Leben zu bieten hat, wegen irgendwelcher Formen und Formeln nehmen lassen.

Was also ist zu tun? Denn das, liebe Verzweifelt, ist deine eigentliche Frage, auch wenn du sie nicht direkt stellst. Gleich zweimal fragst du danach, und das ist dir somit viel wichtiger zu wissen, als womit du dein Schicksal verdient hast (haben wir schon abgehakt) und ob du Selbstmord begehen sollst (auch schon geklärt):

»… ich bin jetzt sechzehn Jahre alt und weiß nicht **was ich machen soll** und wäre froh, wenn Sie mir sagen könnten **was ich machen soll**.«

Die große Frage ist also: »**Was soll ich machen?**«. Und dazu müssen erst einmal die Fakten auf den Tisch. Tatsache ist, dass du nach der landläufigen Meinung, was einen Menschen ausmacht, eine Behinderung hast. Ich darf zusammenfassen:

Als Grundausstattung eines Menschen werden der inzwischen felllose Körper mit zwei Armen und zwei

Beinen gesehen, ein Kopf mit zwei Augen, zwei Ohren, einem Mund und einer Nase, dazu noch ein Mindest-IQ und gewisse Fähigkeiten wie Sprechen, Greifen, Gehen. Als besonders wichtig gilt dabei der Kopf, sowohl was drinnen als auch was dran ist. Wenn es dabei eine massive Abweichung gibt, ist das Entsetzen groß.

Warum das so ist? Wir haben es in uns, blitzschnell entscheiden zu müssen, ob uns etwas gefährlich werden könnte oder nicht. Und damit meine ich nicht nur, ob wir gebissen und dann auch noch gefressen werden, sondern ob wir uns mit irgendeiner Krankheit anstecken können. Taucht nun wie bei dir an der üblichen Nasenstelle ein Loch auf, geht sofort die Alarmanlage los. Es tutet und blinkt, »Vorsicht, Vorsicht, sofort auf Abstand gehen!« Es könnte ja ein Parasit am Werke sein, der Nasen wegknabbert und nun schon auf der Suche nach dem nächsten Riechorgan ist und überspringen möchte. In Bruchteilen von Sekunden wird dieser Schnell-Check durchgeführt, ein Automatismus läuft ab, der vom Verstand her nicht zu kontrollieren ist.

Das Gesicht spielt, wie ich über den Menschen gelernt habe, auch deshalb so eine große Rolle, weil mit ihm in erster Linie kommuniziert wird: Nicht nur Blicke sagen alles, wie es so schön heißt, sondern all die feinen Muskeln um Mund und Nase, die so viel verraten, ob jemand Freund oder Feind ist. Bei uns macht das übrigens der Schwanz, mit dem wir uns einander in vielen

Nuancen wedelnd, eingezogen oder hoch aufgerichtet vorstellen. Auch wenn es mich jedes Mal sehr beschämt, dass ich diesem Reiz-Reaktionsmechanismus unterliege, wenn ich einen Mops sehe, dessen Schwanz und somit wichtigstes Kommunikationsmittel weggezüchtet wurde, und ich bei diesem Anblick sofort die Nackenhaare aufstelle und knurren muss, so ist es eben leider oder nicht leider nun einmal. Danach habe ich mich inzwischen im Griff, weiß, wie unfair und völlig unangebracht meine Reaktion war und beginne auch einen netten Plausch, aber das ist genau das, was du, liebe *Verzweifelt,* auszuhalten lernen musst.

Da hilft auch kein Tuch, zumindest hierzulande. Damit fällst du genauso auf wie mit deinem Loch im Gesicht, allerspätestens wenn du mit den Jungs tanzt und ihr euch näher kommt. Du musst diese erste Reaktion, die niemand kontrollieren kann, aushalten: das erste, spontane Zusammenzucken, das leise oder laute Aufschreien, das Aufreißen der Augen, das schnelle Wegdrehen. Das tut verdammt weh und macht dich traurig, andere wie Katrina zornig und voll Aggression:

»Sie sahen mich, schnappten nach Luft und wichen einen Zentimeter zurück. Dieser eine Zentimeter war es, für den ich sie alle hasste.«[18]

---

[18] aus: Antje Wagner, Hyde, © 2018 Beltz & Gelberg in der Verlagsgruppe Beltz , Weinheim Basel, S. 249

Ich habe ja schon gesagt, dass wir letztlich alle behindert sind (ich finde dieses Wort übrigens ätzend!), aber wenn es so auf dem Präsentierteller liegt wie bei dir, helfen die üblichen Strategien des Leugnen, Vertuschen, Verdrängen herzlich wenig. Du hast definitiv ein Problem, und dafür kennen wir aus der Natur drei Lösungen, »die drei F«:

»Fight« (Kämpfen), »Flight« (Fliehen), »Freeze« (sich Totstellen).

Das Problem – bei uns meist eine Schlange, die vor einem Kaninchen auftaucht, oder ein Wolf, der in eine Schafherde bricht –, also das Problem zu ignorieren und einfach weiterzumachen wie gewohnt, was ja durchaus auch eine Möglichkeit wäre, wäre tödlich. Auch die andere Option, das Problem zu genießen, gibt es – »hey, ja, friss mich, ich liebe neue Erfahrungen und brauche das für meine Weiterentwicklung« –, ist aber für deinen Fall ganz sicher auszuschließen.

Du hast genug geweint, und nun ist die Zeit zum Handeln gekommen. Beginnen wir mit dem zweiten der »drei F«, mit »Flight«, der Flucht. Klar, ist es besser abzuhauen, wenn du massiv bedrängt wirst – und darauf musst du als junge Frau unbedingt vorbereitet sein, wenn dich irgendwelche Typen ins Gebüsch oder aufs Bett locken oder gar hinein zerren wollen mit der Psychonummer, dass du ja eh keinen Freund bekommst und froh sein kannst, wenn sie an dir herumfummeln und dich als vermeintliches Freiwild missbrauchen. Ansonsten aber ist Flucht, sei es in den direkten Selbstmord oder in den schleichenden mit Tabletten, Drogen und Alkohol wirklich keine Lösung und macht alles nur schlimmer.

Das sind genau die »Deaths of Despair«, bei denen die zwei Ökonomen herausgefunden haben, dass sie – jetzt halt dich bitte fest! – auf fehlende B. A. Abschlüsse zurückgehen! All diese Leute, die viel zu früh sterben, sind in einer Leistungsgesellschaft wie in deiner Heimat, den USA, wegen eines bestimmten Bildungsabschlusses, den sie nicht vorweisen können, abgestempelt und ausgegrenzt von guten Jobs und gesellschaftlicher Anerkennung.[19] Du siehst wieder einmal, du bist alles andere als allein in deinem Unglück, und da muss etwas passieren.

Gleich weiter also zur nächsten Möglichkeit, dem dritten F für »Freeze«, sich Totstellen. Du könntest dich also in eine Schockstarre begeben und so tun, als ob du gar nicht da wärst, dich unsichtbar machen soweit es nur geht, dich in ein Schneckenhaus zurückziehen und als Einsiedlerkrebs irgendwo am Rand der Gesellschaft überleben. Völliger Irrsinn, denn so bekommst du nur das Gegenteil von dem, was du eigentlich willst:

---

[19] siehe: Anne Case und Angus Deaton, Deaths of Despair and the Future of Capitalism, Princeton University Press, 2020, S. 3

Einsamkeit statt Zugehörigkeit und Stillstand statt Tanzen.

Manche verstehen hier auch das Yin und Yang der Chinesen falsch, indem sie meinen, man muss einfach nur ausharren können, bis alles wieder gut wird. Nein, die Zuversicht, dass sich alles wandelt, heißt nicht abwarten und auf bessere Zeiten hoffen. Denk an das Tal! Wenn du auf der dunklen, kalten Yin-Seite bist, dann zieh dir warme Socken an! Wenn du im Regen stehst, dann spann einen Schirm auf, der übrigens auch von den alten Chinesen erfunden wurde!

Es bleibt also nur F für »Fight«, und du musst diesen Kampf gleich an zwei Fronten führen: gegen dich und gegen die anderen. Das klingt heftig, und bei Kampf denkt jeder wohl gleich an Säbelrasseln, an Schlagabtausch, an den Boxring im gleißenden Licht mit johlenden Zuschauern, an aufmarschierende Armeen mit Kugelhagel und Dauerbeschuss.

Gemach, du musst nicht dauernde Attacken parieren und dich in Schützengräben ducken! Kämpfen ist nicht das richtige Wort. Du musst dich **DER SACHE STELLEN**: deinem Handicap, und zwar, dass es nur als Makel und Defekt gesehen wird und vor allem, dass nur das gesehen wird!

Wie schrieb Franz Kafka so treffend – übrigens auch kein Glückskind mit einem Vater, dem er es nie recht machen konnte und vor dem er sich wie ein gepiesacktes Insekt fühlte:

»Im Kampf zwischen dir und der Welt sekundiere der Welt.«[20]

Und genau das ist es: Du musst zuerst **dir und dann der Welt HELFEN!** Und damit hast du ab sofort alle Hände voll zu tun. Du wirst gleich mit den Ohren schlackern, wie viel du machen kannst und sollst. Und hier kommt sie, die große To-do-Liste von *Miss Lonelyhearts*:

Erstens: **Es hat sich ausgeweint!** Ab und zu ist okay, aber wenn das Weinen zur Dauerbeschäftigung wird, wächst in dir nur Selbstmitleid und das ist das Lähmungsmittel Nummer Eins. Du setzt dich damit regelrecht schachmatt. Also Schluss mit Tränen und Schluss mit den Gedanken, die mit zu vielen Tränen herein gespült werden und jede Freude ertränken: dass du der ärmste Tropf auf der ganzen Welt bist und die ganze Welt ein großes Jammertal und »Ach!« und »Schluchz!« und »Heul!« und »Wein!«. Wir alle haben unser Waterloo, und sage bloß nicht, dass es anderen ja längst

---

[20] aus: Franz Kafka, Zürauer Aphorismen, 1917 / 18; 1931 postum veröffentlicht von Max Brod unter dem Titel »Betrachtungen über Sünde, Leid, Hoffnung und den wahren Weg«

nicht so schlimm gehe wie dir, denn, glaube mir, es geht noch viel, viel schlimmer. Kurz: Übertreibe dein Unglück nicht wie der Mann in der Wüste, der klagte, dass es keinen gäbe, der mehr Hunger hätte als er und daraufhin die Bekanntschaft mit einem Wolf machte.[21]

Zweitens: Nachdem der Tränenschleier gelüftet ist, **mach die Augen ganz weit auf und schau dir an, wie viel und was du alles hast!** Du hast Füße, die dich jeden Tag Schritt für Schritt durchs Leben tragen, einen beweglichen Körper mit Muskeln, die spielen wollen, sich an- und entspannen, arbeiten und ruhen, dir dienen und dafür auch belohnt werden wollen. Du hast Ohren, die Musik genießen wollen, Neues hören und Interessantem lauschen wollen. Du hast einen Mund, der singen und lachen und reden kann. Du hast Hände, die streicheln und greifen können, die zupacken und etwas schaffen wollen. Du hast eine ganze Mannschaft mit dir, sei also erst einmal dein eigener Freund!

Wie der erwähnte Junge und nun Mann ohne Beine und Arme sagte: **Du hast die Wahl**, zornig und traurig über das zu sein, was du nicht hast, oder dankbar dafür zu sein, was du hast. Sieh das große R für Respekt. Du bist keine Wunde, wie du jetzt mit deinem Loch im Gesicht meinst, du bist ein WundeR.

---

[21] siehe die Geschichte in: Navid Kermani, Der Schrecken Gottes. Attar, Hiob und die metaphysische Revolte, Deutscher Taschenbuch Verlag, München, 2008, S. 187

Und jetzt kommt drittens das **Lächeln für dich und für die anderen**, und jetzt heißt es: Einmal tief Luft holen und ran an den Speck!

Speck? Welch wunderbares Geräusch höre ich da eben? Ich muss wohl erst meinen Mittagssnack zu mir nehmen, denn das Klacken der Kühlschranktür, das ich eben vernahm, konnte nur eines bedeuten: Frau Chen holt mein Lammragout. Richtig, denn nun folgt das »Ritschratsch«, mit dem sie den Futterbeutel aufschneidet, und dann das leichte Schmatzgeräusch, mit dem »Glitsch!« eines meiner Lieblingsessen ins Schälchen flutscht. Nichts wie hin!

So, da bin ich wieder und also noch einmal: Lächeln! Da waren wir ja gerade stehen geblieben und das kann ich wirklich nicht oft genug sagen. Du lächelst also dir und den anderen zu und **beginnst viertens mit deinem Hilfsprogramm.**

Du hast einen Riesenjob vor dir, denn du hast nicht nur das Recht, dazuzugehören, du hast auch die Pflicht, mitten in der Gemeinschaft zu sein.

Wenn dir das bekannt vorkommt, kann ich nur sagen: Richtig, Martin Luther King, der damals den Schwarzen zurief, dass sie nicht nur das Recht hätten, im Bus zu sitzen, sondern auch die verdammte Pflicht – äh, an der Stelle drückte sich der Reverend, glaube ich, etwas anders aus –, also die Pflicht, sich gemütlich hinzusetzen und sich nicht an den Rand wegdrücken zu lassen. Warum? Na, um die Weißen und überhaupt uns alle von einem falschen Überlegen- oder Unterlegenheitsgefühl zu befreien. Wir sitzen doch alle im selben Boot, was ich nun schon zum ixten Male wiederhole.

Fünftens: **Geh auf die Leute zu, lass dich von ihrem Schrecken nicht abschrecken und nimm ihnen die Angst!** Gib ihnen die Chance, dich kennenzulernen, auch wenn der Gesprächseinstieg heftig ist und du dich erst einmal voll zu deiner Nicht-Nase bekennen musst:

»Keine Panik! Ja, ich weiß, alle kriegen erst einmal einen Riesenschock, wenn sie mich sehen. Aber ich habe nur ein Loch im Gesicht, bin nicht ansteckend und beiße nicht. Sieht weirdo aus, dass bei mir die Nase fehlt, ich bin so auf die Welt gekommen, der liebe Gott hat sie anscheinend vergessen, und ansonsten heiße ich Linda und bin gut drauf. Ihr könnt euch das gerne näher anschauen, ist echt nicht so schlimm wie es aussieht.«

Also mit irgendetwas in der Art müsstest du in die Offensive gehen. Halt dir um Himmels willen nicht die Hände vors Gesicht![22] Du kannst den Leuten die Angst vor dir nur nehmen, wenn sie sich deine Auffälligkeit

---

[22] Sehr aufschlussreich sind z. B. die Experimente mit Fotos, bei denen der Interaktionsstress, der im Umgang mit Behinderten entsteht, dadurch abgebaut wurde, dass Anstarren erlaubt war und so eine Vertrautheit aufgebaut werden konnte; siehe: Günther Cloerkes, Soziologie der Behinderten. Eine Einführung, Universitätsverlag C. Winter, Heidelberg, 1997, S. 128

näher anschauen können und sich überzeugen können, dass sie harmlos für sie ist. Und die beste Einladung dazu ist, wenn sie merken, wie unverkrampft du damit umgehst.

Und sechstens: Du gehst gleich doppelt in die Offensive, indem du nicht nur auf die Leute zugehst, sondern auch irgendwelche verletzende Kommentare und Getuschel aus dem Off ansprichst. **Du lässt kein Mobbing zu** und sagst stattdessen:

»Was soll das? Warum ärgert ihr mich? Warum darf ich nicht bei euch mitmachen?«

Die Menschen gehen mit dir nach deinem Verhalten um. Sie können nicht wissen, was du denkst und wie du dich fühlst. Wenn du nicht reagierst, ist das wie ein Ja, dass dir das alles nichts ausmacht. Oft sind die Kommentare auch gar nicht böse gemeint und dienen nur dazu, erst einmal Dampf abzulassen und Unsicherheiten zu überspielen, denn keiner weiß so recht, wie er sich gegenüber einem Menschen mit so offensichtlicher Behinderung verhalten soll.

Siebtens: **Kein Mitleid!** Mitleid kann genauso ätzend und diskriminierend sein wie blöde Bemerkungen über dich als »Zombie-Face«. Wenn du vielleicht gut gemeinte Bemerkungen hörst wie »Oh, die Arme!«, dann sprich auch das an und sage:

»Nein, ich bin keine Arme. Schauen Sie mal, mir fehlt nur eine Nase, sonst ist alles okay bei mir.«

Und damit komme ich gleich zum nächsten und achten Punkt auf meiner To-do-Liste: **Lass dich nicht in eine Behindertenrolle hineinsozialisieren!** Dass du Mensch bist ist der Masterstatus in deinem Leben und nicht die Behinderung. Du brauchst kein Gehege, in dem alle Nasenlosen unter sich sind, und überhaupt will keiner seine Behinderung hegen und pflegen und ausüben wie Dirndl Tragen im Trachtenverein oder eine seltene Sprache Sprechen wie im Esperanto-Club. Die Behinderung ist keine Gemeinsamkeit, die man stolz und freudig mit anderen Gleichgesinnten teilt. Wenn es irgendwie ginge, hätte man sie am liebsten los, ist doch klar. Mit Nase oder mit allen Beinen und Armen und was auch immer das Problem ist, wäre alles viel einfacher. Da brauchen wir uns nichts vorzumachen.

Die Behinderung soll nicht zu deiner Lebensrolle werden, ausgeübt in einem angeblichen Schutzraum.

Deshalb neuntens: **Spreng die Schublade!** Du gehörst mitten ins Leben und in die Gesellschaft. Um hier zu landen, musst du dich kräftig gegen die Behindertenschublade spreizen, die als einzige für dich zur Aufnahme in die Gesellschaft bereitzustehen scheint. Und das ist eine absolut unfaire Schublade, bei der nichts attraktiv ist. Und schon wieder hast du eine Aufgabe: Die negativen Etiketten von der Schublade abreißen und klar machen, dass eine Behinderung auch eine

Riesenchance ist für alle: Nur wenn etwas anders ist als gewohnt, lernen wir etwas und können wir uns entwickeln!

Menschen mit Behinderung sind dadurch Chancengeber, Lernpartner, Wecker, Glücksbringer, weil sie wohl am deutlichsten zeigen, wie zerbrechlich und fragmentarisch unser aller Leben ist und wie unendlich wertvoll deshalb.[23]

Das Zauberwort »Integration« heißt »Wiederherstellung eines Ganzen«, und zum Ganzen, zum Vollständigen, zum Perfekten gehört nun einmal Licht UND Schatten, Stärken UND Schwächen, Nase dran UND Nase ab, Bachelor Degree ja UND nein!

Zehntens: **Such dir Freunde, 1-5 sind optimal!** Jetzt wirst du aufstöhnen, weil das das ist, was du dir am meisten wünschst und bisher nur Misserfolge hattest. Aber um Freunde zu finden, musst du erst **selbst eine gute Freundin sein.**

Was heißt das? Für Freundschaft braucht es Gemeinsamkeiten, Geben und Nehmen, Interessen und Hobbys, die man teilt. Wenn du den ganzen Tag nur vor

---

[23] Eine Riesenaufgabe für uns alle: Für Behinderte gibt es bislang keine »Leerform des Verhaltens« (soziale Rolle), die positiv besetzt ist. Die Behindertenrolle wird nur negativ gesehen, ähnlich der Stigmatisierung von Personen mit bestimmten Eigenschaften als »in unerwünschter Weise anders«; siehe: Günther Cloerkes, Soziologie der Behinderten, S. 74, S. 100 und S. 131

dem Spiegel sitzt, dich anschaust und weinst, hast du nichts zu erzählen. Du hast nichts, was du den anderen mitteilen und geben könntest: kein Lied, das du gut findest und den anderen vorspielen möchtest, kein Buch, das du cool findest, und den anderen auch zum Lesen geben möchtest, keine Geschichte oder keinen Witz, die du gehört hast und den anderen erzählen möchtest.

Falls du im Moment wirklich rein gar nichts in petto haben solltest, weil du total im Unglückssumpf versunken warst, dann frage doch und zeige Interesse: »Was machst du denn gerne? Welche Musik gefällt dir? Welche Filme schaust du gerne? Wie geht es dir?«

Halt, da fällt mir ein, dass du gerne tanzt! Dann sprich doch das an und frage, ob du mal mit in einen Line Dance Club kommen kannst; kann natürlich auch ein ganz anderer Tanz sein, fiel mir nur gerade so ein, weil Frau Chen auch Line Dance macht und du dafür solo hingehen kannst.

Und by the way, **ein paar Ziele** solltest du auch haben, Stichwort: Ausbildung und Beruf!

Alles klar? Ich hoffe, ich konnte dir damit deine eigentliche Frage beantworten, und in Zukunft möchte ich gerne, dass du dich so vorstellst wie dieses Mädchen, das auf FaceBook als die hässlichste Frau der Welt gemobbt und sogar zum Selbstmord aufgefordert wurde:

»Ich heiße Lizzie Velazquez und bin 23 Jahre alt. Ich studiere Kommunikationswissenschaften an der Texas State University in San Marcos, USA. Ich liebe kleine Hunde, höre viel Musik und gehe gern mit meiner Familie ins Kino. Außerdem verbringe ich so viel Zeit wie möglich mit meinen Freunden, gehe gerne shoppen – am liebsten Klamotten – und bin manchmal am liebsten einfach nur faul. Außerdem bin ich bekennender Fan von Reality-Shows.

In vielerlei Hinsicht gleiche ich vielen Mädchen meines Alters, aber eine Sache ist anders. Ich habe eine seltene, genetisch bedingte Krankheit und kann deshalb nicht zunehmen. Auf einem Auge bin ich blind und mit dem anderen kann ich nur wenig sehen. (…) Meine Krankheit kann ich nicht verbergen – und ich kann mich nicht vor ihr verstecken. Bereits auf den ersten Blick, sieht man mir an, dass ich anders bin …

Das Geheimnis meines Erfolgs liegt darin, dass ich meine eigene, von Gott geschenkte Einzigartigkeit annehme. (…) Ich bekam es satt, mich von anderen definieren zu lassen …«[24]

---

[24] aus: Lizzie Velasquez, Kopf hoch, lächle und sei, wie du bist. Eine Ermutigung, die Schönheit des Lebens zu sehen, aus dem Englischen von Maria Leicht-Rombouts, © 2015 Gerth Medien GmbH, Asslar, S. 19/20, S. 22 und S. 39 (Original: Be Beautiful, Be You, Liguori Publications, Liguori, 2012)

Zuerst mit sich selbst Freundschaft schließen und dann den anderen helfen und Chancen geben. So stellte ich mir die glückliche Verzweifelt vor. Der Krümel rechts neben mir ist übrigens mein kleinwüchsiger Freund Buddy, auch so eine »Laune der Natur«.

14. KAPITEL

MEINE ANTWORT AN VERZWEIFELT

Meine Güte, ich hatte so viel geschrieben, so viel analysiert, mir Herz und Hirn zermartert, war verhaltensauffällig geworden, hatte zwei Pfund zugenommen und stand nun vor der fast genauso schweren Aufgabe, das Ganze in einen Brief, der noch durch den Briefkastenschlitz passte, an *Verzweifelt* zu schreiben.

Ich brauchte Urlaub, so ausgelaugt war ich, zugleich aber auch in höchstem Maße befriedigt, denn ich hatte viel gelernt und war in Welten vorgedrungen, die ich nie und nimmer erahnt hätte, wenn mir dieses Missgeschick mit dem DOG-GOD-Buchstabendreher nicht passiert wäre.

Ein Wellness-Urlaub musste her, und da gibt es für mich nichts Schöneres, als mit meinem Kumpel Buddy auf Pirsch zu gehen. Einfach gucken, was sich bei uns im Revier so tut. Buddy ist übrigens auch so ein Wunder der Natur. Winzig wie er ist, hätte er prima ins Land Lilliput gepasst. Er ist fast so klein wie ein Meerschweinchen, aber als Hund genau so goldrichtig.

Zwei Wochen später waren die Wogen geglättet und ich fühlte mich frischer denn je. Auf ans Werk, wobei ich ausblende, wie oft ich meinen Brief zerknüllt habe – neu angefangen, wieder zerrissen, wieder von vorne –

und von Frau Chen wegen der Papierfetzen in meinem Arbeitszimmer gemaßregelt wurde. Sie pflegt aus mir unerfindlichen Gründen die Studierstube für sich zu beanspruchen, eine Marotte von ihr, über die ich aber großzügig hinwegsehe. Den Brief von *Verzweifelt* hatte ich mir an meinen Hundekorb geklemmt, um ja nichts zu übersehen. Und hier ist meine Antwort, die ich in meiner schönsten Pfotenschrift geschrieben habe:

Liebe Verzweifelt,

ich hoffe von Herzen, dass du noch lebst, denn ich habe ziemlich lange mit meiner Antwort gebraucht. Entschuldige bitte vielmals! Aber zuerst war ich selbst nur am Heulen und dann musste ich ziemlich lange überlegen, denn du hast mir gleich drei sehr schwere Fragen gestellt.

Mit deinem Loch im Gesicht bist du selbst in ein tiefes Loch gefallen und mit dir auch deine Familie. Ich glaube, ihr braucht alle erst einmal Trost, denn über euch liegt wie ein schwerer Schatten die große Frage, warum euch dieses Unglück passieren konnte und was ihr vielleicht falsch gemacht habt, dass es dazu hat kommen können. Besonders deine Mutter scheint sich sehr schwere Vorwürfe zu machen, denn Mütter sind ja in besonders enger Weise mit ihrem Kind verbunden. Sie fragt sich wahrscheinlich, ob sie in der Schwangerschaft, ohne es zu wissen, etwas falsch gemacht hat – etwas Unrechtes gegessen oder getrunken –, so dass ihr süßes, kleines Mädchen mit einer Behinderung zur Welt gekommen ist. Und auch dein Papa sucht nach Antworten und vor allem natürlich du, wenn du fragst: »Womit habe ich nur dieses schreckliche Schicksal verdient?«.

Manchmal können sich die Menschen bei einem Unglück damit trösten, dass sie sich das selber zuzuschreiben haben, also »verdient« *haben. Solche Gedanken helfen manchen, wieder Macht über ihr Leben zu bekommen, indem sie sich sagen: Ich – in dieser oder einer anderen Welt – oder meine Eltern oder Großeltern oder Urgroßeltern haben etwas Schlimmes getan, das nun bestraft wird, und wenn ich diese Strafe nun aushalte, sind wir irgendwann einmal quitt und können unbelastet von vorne anfangen. Und so merkwürdig das klingt, es gibt ihnen Kraft und Mut, nun ein besonders gutes Leben zu führen.*

Aber was soll das Schlimme gewesen sein? Da herrscht oft Ratlosigkeit, genau wie bei dir. Die Antwort ist, dass das Schlimme zum Leben einfach so dazugehört und nicht erst von einem Menschen begangen oder ausgelöst werden muss. Was euch so zu schaffen macht, nämlich dass dir die Nase fehlt, können bei anderen zwei Finger oder ein Kopf zu viel sein. Und das kann einfach so passieren, weil sich die Natur dauernd verändert und immer wieder Neues ausprobiert. Ihr habt wirklich keine Schuld!

Das erste, was du also machen sollst, ist aufhören zu grübeln! Denn damit gräbst du dich nur immer tiefer in ein schwarzes Loch ein, das völlig unsinnig ist. Und als zweites musst du ab sofort aufhören zu weinen, und sag das auch deiner Mutter! Ich wundere mich sowieso, dass ihr euch vor so viel weinen nicht schon die Augen ausgeweint und hier nun auch zwei Löcher habt.

Du wünschst dir am meisten, dass du Freunde hast und wie die anderen Mädchen zum Tanzen gehen kannst. Das darf kein Wunsch bleiben! Es ist dein gutes Recht und sogar deine Pflicht, dass du dazu gehörst und mitten in der Gemeinschaft bist.

Wir alle haben im Leben die Aufgabe, dass wir wachsen, lernen, uns entwickeln und gute Beziehungen aufbauen. Und da musst du nun ganz viel nachholen. Es geht einfach nicht mehr, dass du den ganzen Tag nur weinst und dich im Spiegel anstarrst. Du bist jetzt 16 Jahre alt, und es ist gut und höchste Zeit, dass du so nicht mehr weitermachen willst.

Was also sollst du machen, damit sich endlich etwas ändert und dein Unglück aufhört? Dir fällt dazu im Moment nur Selbstmord ein. »Nein, nein und nochmals nein!«, sage ich dazu, denn dadurch wird alles nur schlimmer. Das, was du wirklich willst, bekommst du dadurch nicht, und stell dir bloß vor, was du damit auch deinen lieben Eltern antust! Also gleich Schluss mit diesem Gedanken, den du, glaube ich, auch nur deshalb geäußert hast, weil dir sonst nichts einfällt.

Und jetzt bekommst du von mir gleich eine große To-do-Liste, was du alles machen kannst und sollst, denn das ist die wichtigste von deinen drei Fragen, auch wenn du sie nicht direkt gestellt hast. Das Grübeln und Weinen und in den Spiegel starren hast du schon aufgehört, und nun legen wir los auf deinem neuen Weg ins Glück:

Schließe zuerst Freundschaft mit dir! Bevor du Freunde finden kannst, musst du erst dir selbst ein Freund sein. Wie sollen die anderen mit dir zusammen sein wollen, wenn du selbst vor dir erschreckst?

Dass das so ist, liegt in unserer Natur, denn wir haben für alles Ungewöhnliche, wie es dein Loch im Gesicht ist, ein Frühwarnsystem eingebaut, denn das könnte ja etwas Gefährliches oder eine ansteckende Krankheit sein. Ist es aber nicht, und deshalb musst du diese Alarmglocke, die automatisch losgeht, endlich abstellen. Dir fehlt die Nase, das ist dumm gelaufen und macht das Leben erst einmal schwerer, aber das ist ja nicht alles. Du hast so viel sonst noch, und das musst du nun endlich und viel, viel mehr sehen. Ein bisschen erkennst du das ja schon, wenn du sagst, dass du gut gewachsen bist, gut tanzen kannst, Eltern hast, die dich lieben und dir schöne Kleider kaufen.

Hilf den anderen! Als nächstes musst du den anderen die Angst vor dir nehmen, denn bei ihnen geht ja auch diese automatische Alarmglocke an, für die sie nichts können. Geh auf sie zu und sage: »Halt, keine Panik! Bei mir fehlt nur die Nase. Das sieht schlimm aus, ich weiß, aber schaut selbst, ist völlig harmlos.« **Und wehr dich auch!** Sage nein, wenn dich andere mobben: »Was soll das? Warum ärgert ihr mich? Warum verletzt ihr mich? Ich mag das nicht.« Du kannst und darfst dich auch nicht daran gewöhnen, dass sich die anderen über dich lustig machen, wie du es als Kind versucht hattest. Du gehörst genauso in die große Gemeinschaft wie alle anderen auch, die auch Macken und Defizite haben, nur dass man sie bei ihnen nicht auf den ersten Blick sehen kann wie bei dir. Mach ihnen das klar!

Sei eine gute Freundin! Um Freunde zu bekommen, musst du selbst erst eine gute Freundin sein. Und die ist man nur dann, wenn man sich nicht nur für sich selbst interessiert, sondern auch herausfindet, was andere gerne machen und wollen. Dazu braucht man Hobbys und Gedanken und Geschichten, die man mit anderen teilt. Jeder ist gerne mit jemandem zusammen, der ähnliche Interessen hat, mit dem man lachen und fröhlich sein kann und der einem bei eigenen Schwierigkeiten hilft. Du wirst dabei schnell entdecken, dass jede und jeder Probleme hat und manche sogar schlimmer sind als deine, was du dir jetzt wahrscheinlich gar nicht vorstellen kannst.

Setz dir Ziele! Überlege dir, was du gerne machst und welchen Beruf und welche Ausbildung du machen möchtest. Es gibt so vieles im Leben zu entdecken, wovon du dir überhaupt noch keine Vorstellung machen konntest, weil du nur auf dein Loch im Gesicht gestarrt hast. Mach also die Augen auf, schau, lies, höre, frage und erkunde, was es alles gibt!

Du hast einen Riesenjob vor dir, los geht's! Und ich wünsche mir, dass du mir bald berichtest und Grüße schickst als »Ex-Verzweifelt und jetzt tatkräftig und schon oft sehr glücklich«.

Mit vielen lieben Grüßen
dein Viktor Percy
in Vertretung von Miss Lonelyhearts,
die gerade, äh, verhindert ist[25]

PS: »Los geht's!«, heißt es auch für mich. Denn erst durch dich habe ich erkannt, dass wir eigentlich alle behindert sind und uns nicht behindern lassen dürfen und dass die Behinderungen in Wirklichkeit die Chancen für uns sind, zu lernen und uns zu entwickeln und nicht gedankenlos und oberflächlich vor uns hinzuleben. Vielen Dank!

Uff! Es war geschafft! Werde ich Erfolge haben?

---

[25] Ich brachte es einfach nicht übers Herz, *Verzweifelt* über den wahren Verbleib von Miss Lonelyhearts aufzuklären.

15. KAPITEL

DEINE ANTWORT

Miss Lonelyhearts hat *Verzweifelt* nie geschrieben. In einem ersten Anlauf hatte sie nur ein paar nichtssagende Worte zu Papier bringen können, nur »alten Käse«, wie der Chefredakteur meinte. Ihre Gedanken schweiften ständig ab, sie musste in 15 Minuten fertig sein. Der Chef drängte. *Shrike* hieß er, *Würger,* wie die Vögel, die alles verschlingen und dann nicht verdauen können. Sie würgen es einfach wieder heraus. Speiballen. Gewölle. *Shrike* wurde ungeduldig und begann ihr zu diktieren: »Die Kunst als Ausweg.

Lass dich vom Leben nicht kleinkriegen. Wenn die alten Pfade mit den Trümmern des Misserfolgs verstopft sind, sieh dich nach neuen, frischeren Pfaden um. Ein solcher Pfad ist die Kunst. Kunst ist dem Leid abgepreßt. Wie Polnikoff in seinen schönen russischen Bart murmelte, als er mit sechsundachtzig Jahren sein Geschäft aufgab, um Chinesisch zu lernen: ›Wir stehen erst am Anfang …‹ Die Kunst gehört zu den reichsten Gaben des Lebens. Wer nicht schöpferisch begabt ist, dem bleibt doch der Kunstgenuß. Wer aber … Und so weiter. Laß dir was einfallen.«[26]

---

[26] aus: Nathanael West, Schreiben Sie Miss Lonelyhearts, Diogenes Vlg., Zürich, 1972, S. 16/17

Miss Lonelyhearts starb, bevor sie ihre Antwort formulieren konnte. Was würdest du *Verzweifelt* schreiben?

Doppelt gemoppelt hält besser, dachte ich mir. Lieber zwei oder drei oder, ach was, ganz viele Briefe an Verzweifelt. Und so startete ich einen Aufruf.

DEINE Antwort:

----

16. KAPITEL

DER ELEFANT

Die ersten Antworten trudelten ein, darunter ein Päckchen von einem oder einer *Mahut*, das neben einem Spiegel, der mit Blumen übermalt war, ein ziemlich abgegriffenes Büchlein enthielt. Das einzige, was er oder sie dazu schrieb, war:

»Diese Geschichte hat mir schon in vielen schwierigen Situationen geholfen. Mit lieben Grüßen an *Verzweifelt*. Mahut.«

Ich war perplex und begann zu lesen:

»Es waren einmal sechs blinde Leutchen, die hatten schon viel von der Welt erfahren. Sie konnten die Musik der Flöte mit ihren Ohren hören. Sie konnten die Zartheit der Seide mit ihren Fingern fühlen. Sie konnten den Duft von Essen riechen und seine Würze schmecken. Zusammen kümmerten sie sich um ihr Zuhause und waren sehr glücklich. Dann eines Tages hörten sie die aufregende Neuigkeit, dass der Prinz in seinem Palast einen neuen Elefanten bekommen hatte. Die Blinden hatten schon von Elefanten gehört, aber noch nie einen getroffen und wussten deshalb nicht, wie und was ein Elefant war.

›Kommt, wir gehen zum Palast‹, sagte der eine von ihnen, ›dann können wir herausfinden, was ein Elefant wirklich ist.‹ Und so gingen sie los.

Es war ein langer Weg zum Palast, und den blinden Männern und Frauen wurde ganz heiß und sie bekamen Durst. Aber sie hielten nicht an und machten keine Pause, denn sie konnten es nicht erwarten, den Elefanten zu berühren.

Endlich erreichten sie den Palast, und eine Wache kam herbei und grüßte sie, und die Blinden sagten, weshalb sie gekommen waren.

›Selbstverständlich dürft ihr den Elefanten berühren‹, sagte der Wachmann. ›Ich bin mir sicher, dass der Prinz nichts dagegen hat.‹ Und er führte die sechs Männer und Frauen zu dem Tier, das ruhig im Garten stand.

Der erste Blinde berührte den Elefanten an der Seite: ›Er ist stark und weit‹, dachte er. ›Ich glaube, ein Elefant ist wie eine Wand.‹

Der zweite Blinde berührte den langen, runden Rüssel des Elefanten: ›Oh, er ist wie eine Schlange!‹ folgerte er.

Die dritte Blinde fasste den glatten Elfenbeinzahn des Elefanten: ›Oh! Ein Elefant ist ja spitz wie ein Speer!‹

Die vierte umarmte das Bein des Elefanten und dachte, dass er rund und fest wie ein Baum wäre.

Die fünfte Blinde hielt das Elefantenohr. Es war sehr, sehr groß, und der Elefant wedelte es sanft hin und her. Die Frau lachte: ›Er ist wie ein Fächer!‹

Der sechste Blinde bekam den langen, dünnen Schwanz des Elefanten zwischen die Finger und meinte: ›Ein Elefant ist wie ein Seil.‹

Inzwischen war es Mittag geworden, und die Sonne stand hoch und heiß am Himmel. Die Wache führte die Männer unter einen hohen, schattigen Baum.

›Wollt ihr euch hier ein bisschen ausruhen? Ich bringe euch Wasser.‹

Und während sie warteten, sprachen die sechs blinden Männer und Frauen über den Elefanten.

›Niemand hat mir gesagt, dass ein Elefant wie eine Wand ist‹, sagte der erste.

›Eine Wand?‹, rief der zweite, ›Nein, nein, er ist wie eine Schlange.‹

Die dritte Blinde schüttelte den Kopf: ›Ein Elefant ist eindeutig wie ein Speer.‹

›Was?‹, sagte die vierte, ›ein Elefant ist wie ein Baum.‹

Die fünfte fing zu schreien an:

›Eine Wand? Eine Schlange? Ein Speer? Ein Baum? Ihr irrt euch alle. Ein Elefant ist wie ein Fächer.‹

›Nein! Er ist wie ein Seil!‹ brüllte der sechste, und die aufgebrachten Stimmen von sechs blinden Männern und Frauen füllten den Garten: ›eine Wand!‹, ›eine Schlange!‹, ›ein Speer!‹, ›ein Baum!‹, ›ein Fächer!‹, ›ein Seil!‹ …

Der Lärm weckte den Prinzen, der gerade bei seinem Mittagsschlaf war. ›Ruhe!‹ rief er, ›ich möchte schlafen!‹

›Verzeihen Sie vielmals‹, sagte da der der erste Blinde, ›aber wir können uns nicht einigen, wie ein Elefant ist. Wir haben alle dasselbe Tier berührt, aber für jeden von uns ist es komplett anders.‹

Da sprach der Prinz sanft: ›Der Elefant ist ein sehr großes Tier. Seine Seite ist wie eine Wand, sein Rüssel ist wie eine Schlange, seine Stoßzähne sind wie Speere, seine Beine sind wie Bäume, seine Ohren sind wie Fächer, und sein Schwanz ist wie ein Seil. Und deshalb habt ihr alle recht und alle auch unrecht, denn jeder von euch hat nur einen Teil von ihm berührt. Um zu wissen, was ein Elefant wirklich ist, müsst ihr alle diese Teile und noch viele mehr zusammensetzen.‹

Die blinden Leutchen dachten über die Worte des Prinzen nach und fanden, dass er sehr weise war.

›Ich will euch noch etwas über den Elefanten verraten‹, sagte der Prinz. ›Man kann sehr gut auf ihm reiten. Und nun klettert auf ihn hinauf und reitet heim!‹«[27]

Und ich sprang auch hinauf zu ihnen, nahm Herrn und Frau Chen mit und wir ritten der Sonne entgegen.

Und wenn du jetzt nicht verstehst, was das mit *Verzweifelt* zu tun hat, dann schreib mir, Viktor Percy, deinem Mr. Lonelyhearts.

---

[27] Von dieser alten Geschichte unbekannter Herkunft gibt es viele Varianten. Ich habe sie hier frei übersetzt und erzählt nach Karen Backstein, The Blind Men and the Elephant, © 1992 Scholastic Inc., New York

Schreiben Sie Mr. Lonelyhearts